公元787年，唐封疆大吏马总集诸子精华，编著成《意林》一书6卷，流传至今
意林：始于公元787年，距今1200余年

意林®轻文库

青春最美，梦想出发

中国式好看轻小说优鲜品牌

意林轻文库 | 绘梦古风系列 050

灼灼繁花 煌煌天下 ①

别角晚水
BIEJIAOWANSHUI
著

北方妇女儿童出版社
·长春·

图书在版编目（CIP）数据

灼灼繁花，煌煌天下. 1 / 别角晚水著. -- 长春：北方妇女儿童出版社, 2018.3

（绘梦古风系列）

ISBN 978-7-5585-2156-0

Ⅰ. ①灼… Ⅱ. ①别… Ⅲ. ①长篇小说－中国－当代 Ⅳ. ①I247.5

中国版本图书馆CIP数据核字(2018)第010986号

灼灼繁花，煌煌天下①

ZHUOZHUO FANHUA，HUANGHUANG TIANXIA（YI）

出版人	刘　刚
总策划	安　雅　张　星
特约策划	师晓晖
责任编辑	吴　强　王　婷　孟健伊
图书统筹	鹿鸣昔
特约编辑	崔馨予
绘　图	清　茗
书籍装帧	胡静梅
美术编辑	赵艳红
作家经纪	卢晓凤
开　本	880mm×1230mm　1/32
字　数	300千字
印　张	7
版　次	2018年3月第1版
印　次	2018年3月第1次印刷
印　刷	北京嘉业印刷厂
出　版	北方妇女儿童出版社
发　行	北方妇女儿童出版社
地　址	长春市人民大街4646号 邮编：130021
电　话	0431-85678573
定　价	24.80元

目录

目录

本册简介

门派

慕颜洲：享尽天时的神秘门派，其居住地宛如世外仙境。门人以女子居多，武功博采各派之长，行事我行我素。

一粟海：有百年历史的大派，以匡扶天下泽被苍生为主旨，医术和幻术双绝，被视为当今江湖最权威的名门正派。

长离宫：于地下建宫，美轮美奂，门人通晓奇门术数，尤其擅长用毒，诡谲不羁，被视为邪魔歪道。

人物

岳泠澜：慕颜洲少主，清冷又毒舌，有着世间最耀眼的皮囊和最不堪的身世。

离雎：岳泠澜心头的月亮，绝色无双，命途多舛，身份成谜。

阿筝：身份神秘的绿衣女子，自称是长离宫普通门人，却武功奇高，爱慕岳泠澜。

莫青璃：江湖人称“羽衫观音”，慕颜洲洲主，抚养岳泠澜长大，对岳泠澜感情复杂。

汐回：岳泠澜的师妹，慕颜洲乃至江湖上医术数一数二的女子，温柔和顺。

唐似漪：主动为一行人寻找“不思珉”提供帮助的陌生女子，敌友难辨。

紫宸游：大极末代公主，整个故事由她和她的“不思珉”而始。

楔子·笄礼

煌煌天下，诸国星罗，各怀珠玉。

海天之畔，有国曰“大极”。夜郎自大的大，盛极而衰的极。

大极与其他千千万万的国家并没有什么不同，唯独有两件顶顶骄傲的珍宝，他国莫可一争。

一是繁花灼灼的春色，二是不可方物的公主。

如果见过大极的春天，这天下便再无一景可分得一缕春色；如果跪拜过大极的公主，就能知晓，比春色更盛的是她微勾唇角时的涤荡魂魄。

大极仙羡元年春，一支羽箭破空而来，斜斜插入月生殿的紫檀窗棂，回声在殿内轰然作响。不多时，有白玉般的小手支起窗，满天朝霞掩映下，是如花如月的容颜。

如果不是铮铮铁蹄动地，踏碎大极的万里疆土，这原本是一个多么明媚的春天啊！

素来不知愁苦的小公主此刻也没有叹息，她微微瞥了眼没入窗棂的羽箭，缓缓踱回梳妆台前。

铅华、口脂、花子、额黄……她面无表情地对着镜子细细描摹，仿佛察觉不出自己的手颤抖得有多厉害似的。

“啪嗒”。

有什么东西滴在螺子黛上，未及晕开，便已不见。

终归，还是太小了啊，极力压抑着伤心，指甲几乎要嵌进眉笔，却还是管不住眼里的水雾。

明日，她就要及笄了。可她的父皇母后已双双殉国，那过继而来的名义上的弟弟被叛军褫夺了太子封号，带着一众亲随死士，不知流落到何处去了。

国之将倾，昔日万千宠爱集于一身的小公主被遗忘在锦绣琳琅的寝宫里，夺宫的号角声越来越近，她想，她大概不会有明日了。

殿门被狠狠撞开，发出震耳的钝响，她闭了眼，掌心早已被汗濡湿，却依然强撑着仪态端坐在椅子上。她是大极唯一的公主啊，生来便比星辰更为耀眼，即便死去，万物皆可作殉，唯独公主的尊严，不可以。

幼年时，她的父亲常抱她在膝头，点点她的小鼻子，说："清安啊，等你及笄那一年，朕就把年号改成'仙羡'，让这天上的神仙也羡慕朕的小公主，好不好？"

她不叫清安，清安，是父亲继位初始便定下的年号。

是怎样的万千荣宠，才得以年号为封，或许，她福泽太厚，折了寿数。

她没有等到神仙，只等到了漫天烽火。

脖颈间并未如她料想的那般传来剑锋冰凉的触感，取而代之的是握住手背的细腻温暖，她微睁了眼，在看清来人之际，终于忍不住酸涩了鼻尖。

皎如玉树的少年喘着气，十余年来第一次不顾君臣之别地握住了她的手，他拉起她，目光哀凉，满是恳求："公主，快跟我走。"

大极建国以来最年轻的少府，时年十八的岳芫，现下，他是暗夜里唯一的光彩。

她突然有些恍惚，想起他们这些年来，最亲密的一刻，也不过是青稚懵懂时，她藏在树间，故意把叶子摇落，抚琴的他无奈抬头，迎上她的目光。彼时，二人都是浅浅一笑，不知为何而笑，只知一切都是刚刚好。

原本，他该在她行笄礼之后，成为她的驸马的。只是，上天并未给他们细水长流的时间，就像一曲清音尚未奏响，琴弦便戛然而断。

他握紧了她的手，看着他一身白衣早已破损得不成样子，她想，武艺平平的他从尸骸遍地中逆着敌军的鼓点而来，该是经受了多少艰难困苦。

大极残存的兵士还在殊死顽抗，喧嚣声隆隆而起，她分不清敌我，只是本能地心头乱颤。她摇摇头，轻轻道："我是大极的公主，我不能逃。"

岳芜咬了牙，喑哑了声音："公主，我求你，跟我走吧，就当是为了我。"

她抽出手，身子有些站立不稳，却在扶住桌案时触到了什么，下意识地抓住了。

惨叫声响在耳边，她木然地偏头，月生殿前又添了几具新尸。再僵持下去，谁都走不了。

她的指尖暗自摩挲着攥在掌心的物什，忽然回了神，冲他莞尔一笑。

她同意跟他走了！他欣喜非常，拉着她转身跑出殿外。旌旗散落，血流满地，他无暇顾及，只是本能地跑着。他的耳边，只有他和她绵长的呼吸，活着，就好。他断断续续地告诉她，他父亲在世时曾说过，月生殿有密径与后山相通，出了山门便是民间烟火，他们大可隐于其中，抛却荣华，做一对普通的眷侣。

他看不见，在他身后，她笑着点头，眼角漾开大片大片的水泽。

一切都是那么顺利。他们交握着十指立在一道石壁前，壁上有仙子秉烛夜游，烛火凹陷处，是一个明显的机关。他松了口气，刚想带她一起旋动机关，却见她似失了魂魄，一动不动。他没来由地一阵心悸，温声问了句"公主"，她不应声。

他顺着她的目光往下看，只见她一双精巧的绣鞋沾满了血迹，不禁胸口一痛。她该是吓坏了吧。他俯下身，想替她拭去鞋上的污迹，却被她止住。

他正想宽慰她几句，敌军的车马声已越来越近，他有些急了，拽住她冰凉的手，道："公主，事不宜迟，我们先出去再说！"

她却似乎依旧神游在外，只定定道："岳芜，你叫一声我的名字吧。"

他怔了怔，第一次，极生涩又极珍重地唤她："宸游。"

一直以来，他是少府，她是公主，她和他，隔着高高的金阶，遥遥相望。他知自己是天子属意的驸马，也幻想过在和她琴瑟和鸣的日子里，他能名正言顺地唤她的闺名。

却从未料想，会在此地此刻。

她笑了起来，眼睛眯起，像一双透亮的小月牙，在他失神的刹那，她一只手揽过他的脖子，把头靠在他的肩上，与他笨拙又亲密地相拥，另一只手则在同时悄悄按动了机关。

岳芫不知，他今后还会爱上多少女子，他只知道，永生永世，都不可能忘记她的这个拥抱。如此青稚，却又如此温暖，如此的，令人心醉神驰。

恍惚之中，她身上的幽香还未散去，清冷已在同一瞬牢牢地攫住了他的感官——有什么坚硬的东西被她塞到了他的口中，几乎是立时，他感受到了莫大的恐惧，即将永远失去她却无能为力的恐惧。

他被公主不费吹灰之力地推开，此时他已动弹不得，洞内石转墙移，一道古旧的岩门轰然而下，他蓦地睁大了眼睛，却只能看见尘土在她周身掀起，她向着他轻轻挥手，唇角微动，依稀说的是："对不起。"

对不起，我可以为了你跟你走，却必须为了国家去死。总得有一个人为了国家去死，太子已经逃了，我是大极唯一的嫡亲血脉，责无旁贷。

我很懦弱，没有会集残部卷土重来的胸襟和耐力，何况百姓积劳已久，当权者，于心何忍？倘若我与你做一对寻常夫妻，之后的千百个日日夜夜里，国仇家恨会纠缠得我透不过气，我死于梦中便罢，何苦连累你？

敌军攻入的震天响动，被隔绝在迅速坠落的岩门外。

生生死死，顷刻间都归于无尽的黑暗和沉寂。

不由控制地陷入沉睡之前，岳芫最后想的是，为什么要跟我说对不起？

原来这洞是封死的，岩门落下，不过是留出了个只供一人躺的余地，是的，只供一人。

我早该猜到的，不是吗？连我父亲都能知晓的密道，身为帝女的你，岂会不知？

从答应跟我走的那刻起，你不为求生，只为赴死。

你要我衔在口中的，是只出现在传说中，可生死人、肉白骨的不思珉，是吗？

无人可断言不思珉是否确有其效，只因无人拥有，而你，却把唯一活下来的可能，留给了我。

大极月生殿羞杀万千星芒的小公主，我的月亮。

仙羡元年二月廿三，大极覆，清安公主紫宸游薨，时年十四，未及笄。

第一章 昔年有明夕

地霜初融，冷月未散，镜眠山间，有烛火星星点点。

这个早春的清晨除去死一般的寂静，本没有什么特别。

天地如此浩大，烛火掩映下，这座矮矮的坟冢如此渺小。

有人立在坟前已经很久。那是个身形窈窕的蓝衣少女，她容颜算不上姝丽，却清雅得如一汪水。

她一言不发，只死死盯着碑上“挽溯”两字，若非知晓这不过是个衣冠冢，她不知自己会做出什么事来。

少女紧了紧拳头，转身却不慎撞进了一个坚实的怀抱里。闻到并不算陌生的味道，少女嫌恶地抬头，瞥了来人一眼，将他狠狠推开。

来人看形貌是个年纪稍长些的俊朗男子，他张了张口，正要说些什么，少女却嗤笑一声，袖中微动，手上立时便持了双短剑。她似乎对他毫无顾忌，目不斜视，飞身而去。

她自是有去处的，那地方，隐在这镜眠山中，举头青黛染苍天。

不多时，她便在一道绿得近乎诡异的林障前停下。这道林障隔开了她的目光，她却能想见，另一头，春水碧于天的湖面上，必有浮光点点。

她还未来得及出声，已有两名持剑女子拦在跟前，冷声道：“汐姑娘请回。碧海青天不是姑娘想进就可以进的地方。”

她一声不吭，径自往里闯去，两名女子边拦边道：“姑娘何苦为难我们？少主的脾气姑娘是知道的，若没有他的传唤让你硬闯进去，不痛快的可是姑娘自己！”

她有了些反应，垂目道：“两位姐姐，我确有急事要见师兄，你们也有亲人，也该明白我的心情，恳请通融一二。”

两名女子不为所动，道：“姑娘昨夜已在这里碰了钉子，还嫌不够疼吗？”

她闻言喝道：“我找师兄，即便碰一鼻子灰，也是同门之间的事，几时要旁人来替我盘算？我倒想问问，你们是不是想尝尝我软烟剑的滋味，比比哪个更疼？”话音未落，那双短剑齐出，竟如灵蛇，干脆利落地将二女子的剑打落。

她们见状不再答话，也不再挪动一步。蓝衣少女见双方僵持，便沿着林障一面快走，一面喊道：“师兄，求你见我一见！求你！我……我真的不是有意弄折月姐姐的碧桃的……昨夜事态紧急，你又不肯见我，我只能一路打进来……”

云在青天，四面除了少女的回声，依旧空空荡荡。

“师兄，我五岁入慕颜洲，十二岁之前，总共见过你二十七回。”她的声音向来柔婉，此时却带了股明显的执拗，“其中二十一回，是看你带着月姐姐到处玩，有两回，是晚上撞见你集露水给她泡茶喝，还有四回，是你专门来我这儿翻看各种医书，无一不是为了月姐姐的病……师兄，月姐姐在时，曾托我在你失意时照顾你，虽说那时她不过是玩笑，可六年来我无不尽心，既是如此……泠哥哥，你为何不愿帮我？”

“进来。”这是一个切冰断玉的声音，冷冷清清，淡而疏离，令人神思涤荡之余又平白生出了几分畏惧。那少女却顾不了那么多，只欢喜地推开两名女子奔了进去。

碧海青天大得惊人，远远望去，湖面上有几处随意点缀的莲叶天女散花般的酣卧着，微波荡漾处，小荷露了尖尖角。

少女拨开前方挡路的翠竹，仅走了几步，天色便暗了下来，有光须臾一闪，顷刻间便没入无穷无尽的暗沉之中。有风不断贴着少女耳边呼啸而过，她眼前几乎一片混沌，根本无法辨认方向。

奇的是，由远及近，似有竹音不绝如缕，不知出自何方，由何人吹奏，离得愈近，竟愈觉得悠远。

蓦地，少女耳畔霹雳一声，只见一条长蛟自湖中翻滚而出，顿时卷地风来，白雨跳珠，碧水如天。

“九曲。”破开混沌的声音是从湖畔传来的，刹那间，像是梅尖于雪中绽开，天光骤现，寒过暖生。不过一瞬，那长蛟已迅速掉头，十分听话地没入湖中。

“师兄……”少女怯怯地唤了一声，不敢再上前一步。湖畔，有一人长身玉立，正懒懒弹去衣上水珠，缓缓转过身来。自他左手间垂下的，是一枚修长的竹叶。

雪树临风，玉山拔立。原来，有这样一种风华，可以从眉梢眼角蔓延到周身足底。这少年如玉砌冰凿，冷眉冷眼还带着一点点生疏不自然，却是恰好，仿佛这世上极美的东西依着他，都是恰好。

他看着不过十七八岁的模样，一袭白衣疏疏朗朗地衬着略少了些血气的眉目，那是如画的远山梨花。若仔细看，还能瞧见他那双清冷的眸子里，蕴着淡淡的紫色。他只需漫不经心地往那一站，便已成一阕绝妙的好词，吟者无不齿颊留香。

而此时此刻，他破纸而出，皎然风前，原来，世上最美的，不是女子。

“既有急事，还不过来。”少年身形未动，只淡淡道。

那蓝衣少女这才敢往前挪了几步，却仍是低了头，小心翼翼地试探道：“师兄，你……不生我气了？”

“我几时生过你的气？”

“你若不生气，为何昨夜我刚不小心折了月姐姐的碧桃，你就一扇子卷了风把我轰出去了？”她抬了头，分明是委屈的。

“汐回，”少年却无甚反应，道，“这并非生气，而是本能。”

汐回闻言，唇角微动：“我明白了。”

“你早该明白的。”少年的脸上，依旧看不到任何波澜。

汐回不敢离他太近，见他似乎真的未曾动怒，这才哀求道：“师兄，求你帮帮我，我一定要为姐姐报仇！你知道的，我不是柳非暮的对手……”

少年倚了一棵梨花树，冷冷开口：“嗯，有意思。报仇，报什么仇？你又找谁去报？柳非暮吗？挽溯便是为他挡剑而死，如今你倒要杀了她以命相护的人？柳家的对头？那更用不着你动手，那群废物不是早已被柳非暮解决了吗？”

汐回眼睛一酸，几乎要哭了出来：“至少，我不能让姐姐的骨灰留在寒潭那个鬼地方！那儿不是她的家！师兄，你曾在寒潭和他交过手，知道那儿潮湿阴冷，姐姐怎么会喜欢！”

少年见她着实伤心，认真道：“数日前他只身来报挽溯死讯，不躲不避受我三招，断了两根肋骨，也算是个铮铮男儿。你姐姐为他而死，是心甘情愿，她被葬在自己恋慕之人的居处，更是死得其所。”

他似不习惯一下子说这么多话，一连皱了好几次眉。

汐回呼出口气，冷声道：“死得其所……好个死得其所！师兄，我们是同门，即便无情也当有义，你是少主，慕颜洲上下唯你是从，我今日所求，不就是你在师父面前的一句话而已吗？可你自那件事后，何曾把其他人和事放在心上？”

她话方出口便已后悔，不由得后退了几步。

少年没有看她，只扫了眼四周，道：“如此，那我夜训九曲是为了什么？”

汐回有些惊讶，稍一思索后才喃喃道：“你知我多年未去寒潭，早已不识路……九曲……九曲便是你从寒潭带回的……”

少年还是副不怒不喜的形容：“你心里清楚，我不可能陪你去寒潭，若你执意要去，我不拦你，还可让九曲相助。只是，莫忘替我问那姓柳的一句，菱潭究竟身在何处？”

听到“菱潭”二字，汐回下意识地咬了咬牙，轻声道了句“是”。

她尚未把“是”字吐齐全了，却见少年微微侧身，指尖沾了些湖水便朝东面打去，有两个人从花开似海的碧桃中跌落，大片大片的花瓣，涨破眼帘般妖娆生姿。

汐回早已愣在一边，少年注视着跌下的两个男子，目光分外明亮，分外冷清。

跌落在地的二人狼狈得很，胸口疼痛难忍，刚想站起，很快又踉踉跄跄地摔下，便索性匍匐在地道："拜见少主。"

少年没有作声，只静静地注视着那树碧桃，望着做飞旋状的叶子，眼中竟带了些怜意。

"我们不是有心伤了您的碧桃的，我们该死……"两个人中的较小一个轻声道，他似很不熟悉这里的规矩，又似从未做小伏低，连个"属下"都说不出口，却很懂得察言观色。

少年并不吃他这套，微微点头，道："那还不去死？"

汐回愕然，那二人亦是静默着不敢多说一字。良久，较小的倒是纹丝不动，只见那较大的却咬着牙站起，眼一闭便要往湖中跳。

"有志气，还想弄脏我的湖水。"少年偏了头，挑了挑眉。

"师兄是饶了你们了。"汐回早已看出端倪，喝住了那个人。她在心中暗暗腹诽了一番少年的别扭，上前将那二人搀起，只见他俩和自己年龄相仿，都生得俊秀非常，不像寻常人家出身，尤其是较小的那个，满脸都是掩不住的灵气狡黠。

她的衣袖不经意间拂过较小那个的手背，眼见他轻呼一声，还不自觉地红了脸，她便更生出几分好笑来，柔声问道："你们是怎么进来的？"

未等他们回答，她已自度问了句废话。碧海青天是什么地方，连她都闯得十分艰难，何况这两位一看便武功平平的少年，若无师父的授意，怎能躲过看守在此立足？师兄怕是一早就看出来了，还故意耗着时间晾着他们玩，也真是可恶。

那可恶的少年此时依旧面无表情，只道："你们俩如此面生，身手又如此笨拙，姑姑竟放心让你们来监视我，真是有趣。"

“我们不敢……洲主是担心少主，所以才派我二人前来……前来保护。”稍大些的男子答道。

“保护？姑姑是小瞧了我，还是高估了你们？”少年越发有兴致起来。

“姑姑……原来洲主是少主的姑姑……”较小的一个忍不住轻声嘀咕，随即又撇了撇嘴，道，“少主就不要为难我们了，既心知肚明，又何必说破？少主有这闲情让我们难堪，又是这样的身份，为何不带着你身边这位美人找洲主理论？”言罢，竟直直看向汐回，引得汐回好一阵不知所措。

“很好，”少年不愠不恼，却自语道，“我竟不知，我有什么身份。”

汐回见他如此，忙岔开话题，问那二人到底是何来历。那二人见她温柔秀美，本就缓和了不少惊惧，便断断续续地说起了来龙去脉。

这些日子，大极的都城若清可谓风雨如磐，以夜相和云太尉两家为首的谋逆案牵连甚广，白骨累累，血溅朱门，而此二人，正是夜云两家仅留的骨血。他们生来便白马轻裘，双方父母又来往甚密，这两位小公子的交情胜似手足，还都倾慕江湖侠客，常流连茶肆坊间，自幼便与三教九流打成一片。

据他二人所言，他们的父母是莫名被诬，不堪受辱，皆自尽于狱中，而他们也被引为重犯处以极刑。二人本已心灰意冷，不料临刑之时，恍然如梦，竟有两名素衣女子从天而降，她们手无寸铁，只淡声道“这二人，慕颜洲要了”，便每人抓住一人之肩，从从容容地带着他们离开。

他们虽未及弱冠，却因着连年来的民间厮混，隐隐约约听到“慕颜洲”三字，亦知乃江湖中如雷贯耳的门派，再回头，只见那监刑官员早已唯唯诺诺地点着头，并无丝毫追捕之意。

他们迷迷糊糊地随着两名女子光明正大地走出刑场，不知被她们使了什么招数，一时间五识俱灭，待到清醒时，不知时间已过去多久，而人已身处一个不大的房间内。

那两名女子似是不大高兴，一个从身后的架子上抽出一本册子，“哗啦啦”地翻得利索，很快用手夹起一张图纸，连着整本册子往那年龄较小的夜家少爷手上一按一塞，用力之大，差点儿使他摔下，另一个则气鼓鼓道：“也不知你们是几辈子修来的福气，拂衣姐姐传话，洲主命你们保护少主，这是慕颜洲的地图，少主现下在‘碧海青天’，滚吧。”

他俩面面相觑，不知何处得罪了二人，使得她们似被搅黄了姻缘般地不痛快，只得小心道：“少主？”

他们虽混迹民间，却并未深入江湖，这些年道听途说得再多，也不过隐约知晓慕颜洲的洲主是位女子，哪里能想见竟还有个什么少主呢。

不料那两女子竟似被打了鸡血，一个一脸沉醉道：“江湖上谁人不知，我们少主，那可是天人之姿！我若能遭他冷眼，那该是多大的幸事啊！”另一个则冷着脸呵斥道：“做什么梦！咱们最近一次见到少主也是六年前了吧，说得好像你有这命天天能见着他似的！”

二人亢奋完，还一齐转向被唬得一愣一愣的他们，仿佛心有不甘，愤愤道：“我警告你们，一者，少主素喜清静，你们切莫冲撞了他；二者，少主的武功可是顶尖的，你们千万要小心，不得出任何差错。”

“既是如此，为何让我二人保护？我们武艺拙劣……何况，我们也不识少主，恐无法辨认……”较大的有些为难，却遭来她二人的又一波嘲讽，除去犯花痴般的絮叨，他们只记住了那传说中的少主“仙姿超拔，岂有认不得之理”一句，现下终于见到了，方知此言不虚。

这少年……白衣紫眸，入骨冷清，神情萧索，连带着年岁都难辨起来，分明立于地却仿佛身处云端，确不似红尘中人。

二人都看得有些痴了，额上却突然挨了冰冰凉凉的一下，这才回过神来。只见那少年不知何时已掂着枚扇子，就这么不疾不徐地一敲，末了还好心地问道：“醒了？还记得自己叫什么吗？”

二人依旧是晕晕乎乎的，那较小的盯着他，傻傻抢白道：“我叫夜明生，他叫云岁成。”

“你们父母倒是很爱看书，”少年却生出了几分兴味来，“日往则月来，月往则日来，日月相推而明生焉；寒往则暑来，暑往则寒来，寒暑相推而岁成焉。岁月变迁的意蕴，全在你们两个的名字里了。”

“多谢少主，”夜明生笑了，看向云岁成，露出两个可爱的小虎牙，“云楂这么酸，却也从未听他提起过我们两个的名字，原来是这么个意思。对了，我们都嫌名字生涩，平日里我都是叫他云楂的，他一身臭书生的酸气，和山楂比都不亏。”

“明明只是你嫌名字生涩好不好？”云岁成小声申辩道。

汐回也笑道：“师兄是极少夸人的，可见你们的名字都好得很，绰号也巧，他羡慕得紧呢。”

云岁成轻声道：“少主的名字想必也是极好听的。”语罢才发觉自己的胆子似乎大了些。

夜明生却好奇直道：“少主瞧着和我们一般年纪，似乎还要更小些，就已经这样厉害，这世上还有什么是不圆满的，值得羡慕？”

少年的目光空了空，不过一瞬，又恢复如常，道：“我的年纪，足以做你二人兄长，可见人是多么可爱，总被外貌所惑。”

二人惊了惊，这少年横看竖看都嫩得出水，偏他无视他俩的诧异神情，若无其事地补充道：“至于我的名字，诚然，我对自己的样貌确是十二万分的满意，相形之下，我的名字就过于纤弱阴柔了。”话音未落，他已提着扇尖隔空一指，也不知是怎样的武功，地上竟缓缓现出了几个字。

岳，泠，澜。

白露为泠，沧蕊为澜，绝俗之余确是带了几分婉约，可又恰好跟在“岳”这个姓氏背后，平白增加了几分高蹈如云的气度。他这样的天姿，怎能冠以这般柔丽的名字，可除此之外，又有哪个名字能配得上他呢？

人如其名，不过如是。

他俩正暗自想着，汐回探出五个手指轻轻一晃，笑道：“人你们是见到了，我们的谈话你们大抵也听了个七七八八，还不回去复命吗？”

二人这才注意到天色渐晚，禁不住“啊”了一声，慌忙拜别。

见夜云二人略显慌张地离开，局促之中隐隐透着点儿可爱，汐回觉得更好笑了，转头却见岳泠澜神色如常地看着自己，心中便不受控制地打起了鼓。

“咚，咚……”只见他微眯了眼，道：“你还在这里做什么？”

她有些蒙，又有些尴尬，正想着该如何得体地回应他的逐客令，他却继续不紧不慢道：“难道你以为，今日你来找我，姑姑不知？你动身去寒潭之前，竟不跟她报备一声？莫不是方才九曲带的雨淋坏了你的脑子？”

汐回被呛得说不出话，虽知他说得在理，却实在有些委屈，便揪了揪手指，嘟囔道：“师兄，你几时能说些配得上你相貌的好听话……”她的声音顿止，只因脖颈蓦地一凉一暖——岳泠澜单手轻轻挽了她的发撩到一边，随即挑开了系在她脖间的纱巾。

那纱巾竟有十分力道，将她的脖子勒出了深痕，看着令人惊心。

汐回清楚，自己从小便有这样的毛病，心情抑郁时，不懂怎样发泄，只会用各种方式逼迫自己，可此时，她却讶于他的动作，同门十余年，他几时这样亲昵地对待过她？别说如此惹人羞赧的接近，任何带了温柔暖意的言辞和触碰，无一例外都是属于那个女子的。

那个被他捧在心口捂着的月亮。

汐回不知岳泠澜是否看出了她极力掩饰的慌乱，却听他语声淡淡，道了句“弹指湖在你面前”，便讷讷地应了，转身掬了捧湖水擦拭伤口。

她称得上是慕颜洲乃至江湖中数一数二的医女，自幼时起便受弹指湖湖水药浴，此湖的精灵神秀早已集于一身，如今湖水药效虽已大减，清洗伤口却仍是良剂。

她有些心不在焉地重新将纱巾束好，默了一会儿，低声道：“泠哥哥，你能陪我一起去见师父吗？我有些害怕……”

听到“泠哥哥”三个字，岳泠澜眸色微沉，一时竟有些恍惚，汐回忐忑地等了许久，他的声音才冷冷响在头顶：“好。”

她又惊又喜，刚想道谢，却听他冷冷接道：“以后，不得再唤。”

汐回微张了嘴，打了个寒战，他的话，她岂会听不懂?

她低了头，轻声道：“是，师兄。”

碧海青天，万紫千红，明月仍在，朝霞之后。

自慕颜洲西北角的胧翠圃南行，夜明生和云岁成碎碎地说了一路。

“真是奇了，云楂你看，这么大的地方，竟全是水上的。外面好像接着海，里面又是湖又是河的，咱们若清也算玩遍了，怎么就没发现这么个宝地呢……”

“还有更奇的呢！如今正是初春，你瞧这周围，花开四海，桃杏梨李处处皆是，这不奇怪，早时有梅，也勉强说得过去。可……所谓四季有时，时令有规……你看这儿，绿菊红枫冬青紫薇，都不是一个时令的！还有刚才那‘碧海青天’也是，又是翠竹又是红莲又是碧桃的，岂不诡异得很？”

“这个……我倒是真没注意……我关心的是，这里的人个个像是水凝的、花捏的，调笑不得，亲近不得……任凭这里是仙境，我也不自在。还不如当日就听那些家将的话，提着刀子反了比较痛快！”

夜明生不过是没心没肺地随口一说，不料云岁成却愣了愣，握住他的肩膀正色道：“阿夜，难道你还想着报仇的事？冤冤相报何时了？更何况我们如今寄人篱下……”

夜明生被他突如其来的动作震了震，随即笑道：“你当什么真！若论报仇，且不说这仇是该归责皇帝老头还是那些嚼舌根的小人，即使我们足够有本事，杀了他，明天新的皇帝又会派人来杀我们，这还有完没完了？要我说啊，什么都不想了，吃吃喝喝看美人，这小日子最舒坦了。”

云岁成这才放了些心，二人就这般你来我往，转眼已走了半个时辰，却仍没有找到之前那两个女子所在的房间。夜明生扯出地图，和云岁成比了比路径，嘟囔道："原来这里是凌霄苑，怪不得有这么多凌霄花。嗯……我们应该回的是……这间房，我记得我们是从东边过来的，应该没错。"

"幸亏有地图，否则可有得找了。"

"就是，下人房都这么多，真是要命，不说了，我们快些回去，省得那两个神经兮兮的女人找碴儿。"

"那两位姑娘如此情状，想来也是情理之中。似少主这般天人绝代，世无其二的……"云岁成慢条斯理地说着。

"你这话倒也不假，你看他身边那位女子，生得那般美貌，我见了她，原本心中欢喜非常，可她一门心思好似都扑在少主身上，若和他争，那我岂不是自讨没趣？可怜我这一颗才出了点儿苗头就不得不夭亡的少男之心啊……"夜明生话里虽委屈，脸上却依旧陶醉得很，"不过话说回来，我若是女子，也会爱他的。白衣胜雪，容色如玉……"

"原来你们在这儿，让我一顿好找！"二人的闲话被忽地打断，云岁成回头看向来人，夜明生却早已怔在那里，心中想着：这里的人，怎么个个都这么美？

来人着了件红衣，看着较慕颜洲其他女子年纪稍长，却独有一番妩媚风韵。她丝毫不顾二人反应，急急上前道："方才小婢传话，说迟迟未找到你们。小姐从不等人，还不快随我回去！"

"小……小姐？"云岁成摸不着头脑，结巴起来。

那女子略蹙蛾眉，道："是洲主要见你们。"

夜明生疑道："洲主见我们这样的小人物干吗？还有两位姐姐等着我们复命呢！"

那女子摇头叹道："蠢材蠢材，已说了洲主要见，还想着阿猫阿狗？小姐命我亲自来寻，已是给足了你们面子。若再迟疑，命还要不要？"

"虽然云楂的脑袋没我的好看，但我还是很喜欢我们的脑袋的……"夜明生小声碎碎念了会儿，又开始油嘴滑舌道，"劳烦美人姐姐前头带路，我们跟着姐姐，为姐姐保驾护航……”

那红衣女子轻笑一声，示意二人跟上，二人便紧紧跟着，一路上大气也不敢出，只知是去正殿，祸福难料。

红衣女子对慕颜洲像是极其熟悉，不出片刻，原本纵横交错的路径便豁然开朗起来。

“她口口声声称洲主小姐，但气度却并非普通婢子可比，可见她与洲主关系非同一般。”夜明生自顾自地揣测着，待停下步子后抬头，竟发现眼前不知何时拔地而起一座大殿，雕栏玉砌，琉璃青瓦，坐落于千条细流汇集之央，有一帘瀑布于殿前飞流直下，好不壮丽。

“小时候进宫，皇帝老头还老是抱着我显摆他的大殿。那时觉得皇宫再气派不过了。可和这儿一比，怎么就无端笨拙起来了？纵然是整个若清城的灵气，也不过如此吧。”夜明生自小好奇心十足，遇事必刨根问底，于是又抬头细看。只见殿门上方赫然一块大匾，上书斗大的三个字：源依殿。又有一副对联，道是：“千波千里度远，万源万载皈依。”横批“泽被天下”。

“好大的口气！皇帝老头该气死了吧。”夜明生正胡思乱想，却劈头吃了一记爆栗，回过神才发现是云岁成。只听他压低声音道：“喊你多次，你就是没反应，魂儿又去哪里神游了？”夜明生吐吐舌头，又偷偷瞄了眼红衣女，见她倒不急，便伸出手做招魂状喊了句“魂兮归来”，一把便拉过云岁成跟着红衣女走进大殿。

殿内的恢宏气度自不必说，中间却有一条雨花石径，曲曲折折直通后方高阶。石径似是凌空而镂，底下是一整片莲池，碧波红妆，分外清灵。云岁成只顾扯着夜明生后襟，不发一言。两人都低头进殿，夜明生却一个劲儿地想入非非：“这殿在瀑布之上，竟还会有莲池！这样的本事，若在我家中安排，才算不浪费我老子的银子。”

他再悄悄环视四周，见一群女子两列排开。清一色地绾着发髻，姿色皆是上品。这些他倒不觉得惊诧，自来慕颜洲，哪有女子不美的？又见她们身着白纱衫，内里衬着红色抹腹，若隐若现，好不撩人，却不知是何用意。

“拂衣，这两个小子难不成是什么通天的来头，为何迟迟不来拜见，如今又扭扭捏捏如女子般？”如敲击琉璃的清冷，又如桃花初绽的妩媚。此声一出，直教人心神旌荡，魂思不定。

拂衣上前一步道：“费了好大劲儿才把他们带来了，小姐多担待。”

“娘说过，声音越好听的长得越丑。正因容貌不可恭维，才不得不用好听的声音加以掩饰。想我府上那扫院落的大婶，声音不也好听得很？谁知长了副夜叉模样。这洲主的声音如此动听，世上怕也无二，想必是凶神恶煞到了极致。”夜明生越想越觉得有理，还不忘转眼看看云岁成，却见他紧闭着唇，垂目望地，顿时觉得更好笑了。

“我倒要看看这洲主是何等尊容。”夜明生猛地抬头，却立即怔住，脑中“嗡”的一声，一片空白。他拼命搜寻着一切形容美人的词，却想不出一个合适的。

高台之上的是怎样一个女子啊！大理石梨花案后，她身披一件洁净无匹的白羽衫，天青色的微皱长纱徐徐探出，恍若羽化登仙的天女。她的秀发高高束起，微风拂动下，一双媚而不妖的眸子顾盼神飞，越发美得不可方物。

只是她看上去不过双十年华，眼底却分明涌着一股强劲的暗流，阴冷威严又隐含沧桑，令夜明生不禁倒吸了口寒气。

是的，寒气。上法场即将人头落地时，被岳冷澜从碧桃之上打落时，甚至方才连带着看见洲主身边那副凋零的孔雀骨架时，他都未曾惧怕过。是什么，让他第一次感受到真正的寒冷？他说不出。

既是如此，夜明生哪敢再看，忙把头埋下。却听那边云岁成不慌不忙，恭敬一拜道：“拜见观音娘娘。”那女子笑而不语，拂衣却愣了愣，道：“你这小子倒是伶俐。”

云岁成又道：“小人只是从心底觉得洲主像极了画上的观音，句句发自肺腑，不敢有欺。”拂衣闻言笑道：“我家小姐人称‘羽衫观音’，也算你好眼力。”

夜明生恍然惊觉，恨不得连拍自己三下：“夜明生，笨死你算了！这些年茶坊酒肆也混了不少，慕颜洲少主素来神秘，不知道他也就罢了，这会儿天天挂在嘴边的名字，云楂这书呆子都记住了，怎么偏偏就你有口无心？”

江湖上谁人不知羽衫观音，若她不美，世上哪里还有美人？听人说，二十余年前，她便是大极第一美人，多少英雄豪杰都曾倾倒于她一袭羽衫之下。原来，她便是慕颜洲的洲主？一介女流撑起江湖上数一数二的大派，纵横二十载不衰，用脚指头想都晓得，她的美貌该是起了多大的作用。如今她虽已年长，却驻颜有术，较二八佳人更是多了难以言喻的成熟之美，这“大极第一美人”的称号怕仍是无人能夺。

“你们父母若是能再熬上些时日便好了，”观音摩挲着自己修长的十指，道，“慕颜洲养你们几个闲人，绰绰有余。”

云岁成微皱了眉，夜明生却大大咧咧问道：“你……哦，您为什么要救我们？为救我们得罪朝廷，这怎么看怎么不值啊……”

观音并未回答，拂衣先掩嘴笑了：“纵是大极帝来了，也得敬我慕颜洲三分，尽管放心吧，你们的小命已经保下来了。”

夜云二人对视一眼，仍是不明就里，却听观音懒懒道：“我与你们两家有些渊源，不过都是些陈年旧事了，不提也罢。今后你们便是慕颜洲的人，值不值，我说了算。”

她语声温柔，二人却无端地出了一身冷汗，不敢多问，又听她忽地笑道：“萧渺，接着说。”

二人抬了头，这才发现观音身侧还立了个男子，许是因着他隐在孔雀骨后不出声，又许是他俩过于紧张，竟一直未曾发觉。

萧渺温声禀道：“师父，碧海青天内的事，弟子便不知了。”

观音点头道：“我要你看着汐回，你做不到，今晨还被她丢在了镜眠山，我问你冷儿在做什么，你也答不上，真是不错。”

萧渺怔忪了一刹，随即拜倒在地，道：“弟子知错，汐回她……对弟子成见颇深。至于碧海青天，那是少主的地方，弟子确不敢闯。”

观音面上仍是一派柔和，手上却停止了动作，拂衣见状，忙上前道：“小姐切莫动怒，公子既然已经回来了，迟早会来拜见的。”

观音似笑非笑地看了她一眼，道：“你还挺了解他的。”

拂衣有些疑惑，观音却往殿外淡淡一瞥，笑道：“喏，他来了。”

霎时，满殿风动，夜云二人见四周齐齐行礼，萧渺自觉地退至一边，汐回步入殿中，在她身后的，是那冰雪般的少年。

岳冷澜立在殿中，一步未动，只遥遥看着汐回请求观音，说是陪她前来，可这冷眼相看的样子，倒让人瞧着遍体生寒。

在这间隙，拂衣早已屏退了左右诸人，殿内除了岳冷澜和台上几个人，便只剩下夜明生和云岁成仍不知所措地看着对方。

“冷儿，”观音扬声唤道，“还不过来？”

汐回往边上退了退，岳冷澜依旧神情冷漠，他并没有移步，只轻轻道了句“姑姑”。

观音倒也不恼，暖声道：“你回来多久了？”

“姑姑不都知道吗？”

“我要听你亲口说。”

“十四天。”岳冷澜扫了萧渺一眼。

“嗯，都回来快半个月了，为什么一直待在碧海青天？”

“显然，”岳冷澜淡淡道，“因为我不想见您。”

众人闻言都不免发怵，汐回更是担忧地望向岳冷澜，观音却笑了：“那为什么现在又过来了？”

“我应允了汐回，陪她过来。”

“很好。”观音点点头，起身走到岳冷澜跟前，她面上的笑容还未散去，就有什么东西被她狠狠掷下，她声音不大，却明显带了怒意：“你还要在那鬼地方烂多久？”

岳泠澜也终于有了些反应，他偏了头，望着地上那枚碎成两截的梅花钿，神色不明。他并未有什么动作，只缓缓道：“那不是鬼地方，那是小玉钩喜欢的地方。”

小玉钩。

那是夜云二人第一次听到这个名字。他们从未想过，这世上竟会有人把一个名字念得这样小心翼翼，仿佛每一字都是刻在心尖上的，轻轻一牵便是刻骨的心疼。

岳泠澜就是这样念这个奇怪的名字的，他的声音很轻，却让人听了直想要落泪。

拂衣叹了口气，刚想去拾那枚花钿，岳泠澜已低声道：“不必。”他迎着观音的目光，忽地微勾了唇：“姑姑若是喜欢，我还有一屋子的可以砸。”

观音默了默，敛了神情：“我知你心中所想，你也不必与我抬杠。可你此番出洲，又跑了多少地方，可找见她了？我告诉过你多少次，她回不来了……”

岳泠澜不应声，观音却似乎更温柔了，她抚了抚他的脸，道：“泠儿，醒醒吧。”

拂衣也走到他身边，轻声劝道：“公子，再过几日就是你姑姑的生辰了。”

他不置一词，却看向夜云二人，神情难以琢磨。

见他如此，观音又道：“这次回来，在枕菡榭多休息休息，近来本也没什么事要你到处跑的。这二人……”

“姑姑，”岳泠澜竟打断道，“他们可否随我回枕菡榭？”

夜明生轻呼了一声，被云岁成皱着眉掐了一把，这才咽了口唾沫低下头去。

只听观音一时语塞，又很快笑道：“但凭你意。”

岳泠澜微微颔首，示意二人跟上，转身便走。

拂衣挽住观音，却被她反握住了手，素来高高在上的女子用只她二人能听清的声音喃喃道："六年了，他还在恨我。"

拂衣微抿了唇，抚了抚观音的背，望向殿外。

岳泠澜虽嘴上要了夜云二人作陪，脚下可丝毫没有顾忌，眼见他步态轻盈若飞，跟在后头的二人不敢诉苦，只得苦哈哈地喘着粗气小跑，这才勉强跟上。

似是许久，又似只有一瞬，他俩果真迎面撞见了一处天上人间都难得的水榭。此榭通体有柔光，回廊相接处是一座清丽无比的小楼，竹林特有的清香伴着江篱之气随风飘荡，一时二人竟飘飘然仿佛身在瑶池。再看水上，菡萏星星点点，或倚或卧，或曳或静，小荷尖尖，使人乱了神魂。再一看，院落洞开，幽静无比，二人心底早就赞叹了百遍。

二人一路伴着素荷滑石走进枕菡榭，本已惊羡十分，又见阶下竟坐了两名美貌女子。一个略小的托着腮俏皮地和对面正刺绣的女子说着什么，警觉有人，忽地回头，与夜明生的目光撞上，他心中立马酥了大半。这姑娘粉雕玉琢，神似汐回，甚是可爱。另一名女子则轻轻瞥了他们一眼，从容地将手中刺绣一掩，便也只顾看着他们，不再说话。云岁成向来是个脸皮薄的，顿时羞得不知所措。

这当口，只听那较小的娇俏女子惊喜十分地唤了声"公子"，便几乎是飞奔过来。她未曾看旁人一眼，只顾跟着岳泠澜的步伐，歪着头叽叽喳喳地说个不停，左右都是些自己有多想念他，这回可否在家中多住几天之类的闲话。

岳泠澜未发一言，却也并未流露出不耐，倒是另一名女子上前，轻轻喝止道："芷汀，公子难得回来，还不快住嘴备茶去？"那唤芷汀的女子虽不甚开心，还是嘟囔着应了，往后退了一步。

"冰沁，"岳泠澜淡声道，"香点上了？"

"公子放心，"冰沁应道，"香一直未断，花草也好生侍候着，帘子也拉起来了，昨日还见到了数只新燕呢！”

芷汀也接道：“那些小蟋蟀、小蚱蜢也都好好的，芷汀也会折了呢！”

岳泠澜点点头，径自往楼上走去。

云岁成不敢跟随，却见夜明生似乎念念有词，凑近了才听清他的嘀咕，说的是：“小蟋蟀、小蚱蜢？少主还有这癖好呢？”

话音未落，他已被芷汀当头一拍，只见她笑道：“瞎猜什么呢？公子说的又不是他自己的房间。”

“芷汀！”冰沁蹙了眉，白了芷汀一眼，她“哦”了声，双手攥着淡蓝裙摆不敢再说。

这位冰沁姑娘面上恬静淡雅，可看样子，似乎也不是个简单角色嘛。夜明生继续打量着枕菡榭的格局，心有揣度，正想往里一探究竟，却被冰沁拦了拦。

她柔柔笑道：“还愣着干什么，帮着芷汀去备茶啊，不然待会儿公子喝什么？”

“哦，好。”云岁成忙不迭地想要离开，却不知该去哪里找茶叶。

冰沁不动声色，芷汀却“扑哧”一声笑开了：“呆子，你知道我们公子要喝的是什么茶，到哪里找吗？公子喝的茶，必须是晨雪和着梅花，这还只是今天的，明天，就得是露水泡的荷叶茶。你们也该看出来了，慕颜洲最不讲究的便是‘时令’二字。至于这泡茶之物，屋前屋后也多了去了，难为你们毫不知晓公子秉性，竟也被洲主送来。”

云岁成听得一愣一愣的，哪敢回话，夜明生却好奇得很，道：“我们两个生人，初来乍到的，怎么芷汀姑娘一点儿都不感到奇怪？”

“这有什么好奇怪的？”芷汀依旧笑着，“你们既是公子亲自带过来的，还能是坏人不成？更何况，若非洲主授意，谁敢来打扰我们公子清静？”

冰沁也接道：“看你们的样子，想必也是富贵出身，跟我们奴婢自是不同的。不过既然入了枕菡榭，一切行事都得依公子的意思，少说话多做事。”

云岁成点点头，正想去接着找她们口中千奇百怪的泡茶之物，却听一声“不必了”，岳泠澜不知何时已下了楼，他的神色始终平静，夜云二人却不再觉得迫人。

“可知我为何跟姑姑要人？”

“少主是想我们陪你解闷？”夜明生咧嘴笑了，“不是我说啊，你一天到晚板着张脸不爱说话也不笑，难道不憋得慌……”他越说越小声，只因被芷汀一把揪住了耳朵，顿时不敢再耍嘴皮子。

岳泠澜微偏了头，道：“如此也好，我本想放了你二人，你若这般爱说话，便单留下你，我不在的时候，枕菡榭多只鹦鹉，也热闹些。”

“啊？”夜明生一时反应不过来，牙缝里蹦完“放了我们”又蹦出“不不不，你不能这样，云楂救我”，待啰唆完，偷偷瞄着岳泠澜的神情，才觉得他似乎并没有捉弄自己。

“少主，”云岁成也道，“慕颜洲施恩于我们，您真的就愿意这样轻易地让我们离开？”

“那你是觉得，我身边缺个念诗的，还是打架的？”岳泠澜瞥了眼云岁成，又瞥了眼夜明生，“还是……说废话的？”

见二人被堵得红着脸说不出话来，他有些满意，又道：“若姑姑安排你们过来，便是多了两双没什么用处却烦人的眼睛。我主动要你们过来，才可名正言顺地放你们走。”

冰沁垂目立在一侧，岳泠澜也不看她，只道：“芷汀，去拿些盘缠。”芷汀到底年纪尚小，并不能领会太多深意，只兴奋地应了，转身便跑去办，夜云二人这才相信，他确是要放了他们。

夜明生心头霎时五味杂陈，他望向云岁成，却见对方也正心有灵犀一般的望着自己，这个和他自小一起长大，同富贵共患难，又一起成了孤儿的，他夜明生最好的，也是唯一的兄弟。他低了头，又很快抬起，与云岁成交汇了眼神，两个人都微微点了点头，又同时对岳泠澜道：“公子，我们想留下来。”

岳泠澜似是有所预见，却仍轻声问道：“我想予你们的自由，是我一直得不到的东西，你们想好了？”

“想好了。”二人又是齐齐答道。

“我们已经没有家人，即便离开，也不知意义何在，倒不如跟着公子你，”云岁成温声道，“不知为何，我总觉得，公子决非常人，跟着你历练，说不定能找到新的意义。”

夜明生也道：“我一直都想闯荡江湖，见见世面……和美女什么的……公子若不嫌弃，日后行走天下快意恩仇的，便都捎上我们吧！”他越说越激动，几乎要碰到岳泠澜的衣袖，却被他一指隔开。

只见岳泠澜冷着脸，掸了掸衣服，淡淡道：“嫌弃。”

月色如霜，落在窗台上，一片凄清。

冰沁抱着件白裘，悄无声息地推开榭旁小楼的侧门，一眼望见岳泠澜时，她轻轻叹了口气。

果不其然，他在这儿。

他大抵已经熟睡，否则断不会容她进来。此时，他闭目斜坐在床边，月光洒在他额上颈间，像是萦绕神祇周身的圣光。他从来都美得不似凡人。

冰沁小心地将裘衣披在他身上，却并未马上离开，她羞怯着，甚至是胆战着，却又几乎是渴求一般凝视着他沉静的面容。眉毛、眼睛、鼻子……为什么这么多年了，他还是和初次见面时一样，如此激烈地震荡着她的全部感情呢？

她壮着胆子，隔着裘衣抚上他的手背，这是她有生以来，第一次和他这般亲近。她的心中涌起了难以言说的巨大窃喜，却在下一刻化成惊惧——他竟反手握住她的手，指尖甚至在她的关节处轻敲了敲。

她冷汗直冒，不敢动弹，却听他呓语道：“安分些，好好睡觉，再乱动，明日又该嚷着头疼了。”说罢，他便松了手，她的耳边渐渐响起他平顺匀长的呼吸。

她惊魂甫定，这才敢抽回手，踮着脚往外走去。

她自是知晓，他那句话，是说给谁听的。

可她并不知道，她走后不过片刻，暗夜里，谁便睁开了眼睛。

观音说：“泠儿，你醒醒吧。”她见不得他这般失魂落魄的模样。

他定定地望着窗外的月亮，许久，忽地轻声道：“小玉钩，我一直都是醒着的。”

可初心是什么？是藏了一个小小的月亮。

第二章 谁解绿罗裙

源依殿的更漏滴滴答答地响着，观音挑着灯花，拂衣捧着个白玉案头紧随在侧，二人的神情都十分专注，专注得好像大殿中没有旁人似的。

冰沁立在阶下许久，她不敢催促，只得小心道：“洲主，冰沁所言句句属实。”

观音并不理睬，只自顾自地继续把弄着剪子，拂衣心中了然，缓步至冰沁跟前，道：“公子生来便带有奇香，你该等这香散了再来的。”

冰沁大惊，忙拜倒在地连连叩头，拂衣又道：“将公子的一言一行悉数禀报，并不代表可以借机近身，痴心妄想。无论什么时候，都切莫忘记自己的身份。”

冰沁咬着牙，不敢再说一字，只知拼命点头，拂衣这才挥了手：“回吧，尽快把交代的东西补好。”

待冰沁告退，拂衣回过身，果然见观音已将剪子丢至一边，在阶上坐下，便也上前坐在她身边，陪她静默了好一会儿，才温声道：“公子这样，真的不要紧吗？”

观音不作声，拂衣又道：“他到了今天还在心心念念着月姑娘，我真怕他得了癔症……”

“可是拂衣，我又能怎样呢？”观音叹了口气，“强硬地阻止他？打击他？封住月生楼不让他进去？后果会怎样？三年前的事，你不是不知道。”

“怎么可能忘记……”拂衣的眼中竟出现了极为复杂的情绪，疼惜和惊惧重重叠叠，令她不忍再想，只得轻声道，“我只是心疼这个孩子。”

观音却淡淡笑了："即便他停在六年前不肯走，这也没什么。至少，离睢回不来了。"

岳冷澜不知道也罢，知道装作不知道也罢，可大家都清楚，离睢回不来了，他的小玉钩，六年前便碎了，他找不回她的。

由他去吧，回不来的人，是不会成为真正的威胁的。

"小姐，拂衣仍有一事不明。方才冰沁说，公子想要放了那两个小子，您没什么反应……"

"不过一桩小事，就依了他吧。"观音歪头看了眼拂衣，"你是在奇怪，既然我并不在意他二人的去留，又为何要费心思救下他们？"

拂衣有些不好意思地低了头："是。"

"如果我说，我没有目的，你可信？"

拂衣越发不好意思起来，半晌，却道："不信。"

观音望着她，眼中带了几分无奈："真的。"

拂衣却怔住了，她小声道："我还以为小姐是抱了些微末的希望，想从他们口中打听到不思珉的下落，毕竟，他们和岳……毕竟……"

"毕竟，我寻不思珉，寻了二十年，"观音的神情意外地带了几分萧索，"毕竟，我行事从来便抱有目的，毕竟，我是如此地憎恨岳芫，因为他连好好站在我面前由着我捅上一刀的机会都不肯给我，是吗？"

纵使心如明镜，可时隔多年，再次听到"岳芫"这个名字，拂衣心中依然五味杂陈。她一时不知该如何宽慰观音，只得柔声道："小姐，一切都会好起来的，汐姑娘那儿不是有足够的药吗？他一定能撑下来……"

观音捂住了脸，她的声音从指缝中挤出，冷而单薄："从来都是我负人，他怎可负我？他负了我，便想死个痛快，天下哪有这么便宜的事？"

拂衣轻轻拥住她，观音抓紧了她的臂："拂衣，时间于他如浮云，可我却在一点点变老，或许表面上看不出来，但我自己明白，我内里已经腐烂到了什么地步。这么多年了，我真的越来越害怕……我素来不信鬼神，可这一次，我就想啊，我救那两个小子，单纯是因为他们两家与他曾有过些情谊，倘若鬼神有知，是不是就能感念几分，让他回来，让他再好好喊我一声……我真的不甘心……”

拂衣一下下地抚着观音的背，轻声安慰道：“会的，您看，一切都按照您想要的路子在走不是……”

观音抬起头，神色瞬间恢复了平静：“算算日子，长离宫的人也该到了。”拂衣握住她的手，点了点头。

一连数日，慕颜洲都下着淅淅沥沥的雨，到了三月三上巳节，这雨才渐渐停了，触目所及，一片蒙眬。

汐回就是在这一天早早地向岳泠澜辞行的，她遥遥地对着枕菡榭的众人摆了摆手，和岳泠澜并肩走在小径上，自觉地与他隔开两尺。

“今日师父生辰，连雨都停了，”汐回穿过花丛，见岳泠澜没什么反应，偷偷瞄了他一眼，道，“师兄，我走以后，你要好好保重啊。”

岳泠澜淡淡瞥了她一眼。

“你自小身体便不算很好……师父她虽然有些独断……到底也是在意你的……”汐回有些结巴，“我也是在意你……在意你的身体的……你能不能，别再和师父斗气了……”

“你若是真不明白，今日倒说不出这话，你若是装不明白，那便听好，我只允你说这一回。”岳泠澜慢了脚步，见汐回面上不大好看，便微微放缓了声音，“今夜启程？”

汐回点头：“若不是碰上师父的生辰，我早几日便走了。你也知道，师父一直很想得到柳家的武功。”

岳泠澜抬眼看她：“现下柳非暮手里欠了我慕颜洲两条人命，确是可乘之机。可是汐回，别忘了你此去只是为了让自己心中好受些，保护好自己便是，不必理会其他。姑姑想要的东西，太多了。”

汐回应着，脸也不自觉地有些发烫，她讷讷道了句“还有……”，却很快噤了声，她想，她救治那位贵人的事，一直都是她和观音之间的秘密，若一时意乱便说了出来，后果不堪设想。

岳泠澜微皱了皱眉，正想说些什么，却蓦地顿住了，他的眼中霎时有汐回从未见过的情绪肆意蔓延。她惊诧极了，顺着他的目光望去，只见前方僻芷丛中竟依稀卧着一团绿云，她还未完全反应过来，岳泠澜已快步上前，多少年了，她都不曾见过他这副模样，急切中竟还带着微微的惶恐。

她顺势往前一瞥，那团绿云原来是女子的绿色衣裙，裙摆轻轻散开，青丝如瀑而下，那瞧不清模样的陌生女子不声不响地躺在地上，却足以让她心如捣鼓。她突然呆住了，来不及细想以慕颜洲的守卫森严，这女子是谁，又是怎么进来的，她只掩了口，轻声道："好像是……是……"

岳泠澜并未理会汐回，此时他的脑中茫然一片，只有一个朦朦胧胧的身影，那个影子离开他很久了，久到在梦中，他都无法让她转过身来——他已想象不出如今的她该长成什么模样……可现在，她似乎离他近了一些……他几乎颤抖着手，轻轻地拨开那女子的发丝，又小心地旋过她的脸……汐回清楚地看到，有浓重的失落，从他的眉梢眼角缓缓地淌下来。

眼前的女子，双目紧闭，似已昏迷，却难掩眉目的秀丽绝伦，一身旖旎风华，竟有几分神韵像极了那个落落无尘的月亮。但终归，不是她。

汐回探了探那绿衣女的脉息，却听岳泠澜冷冷道："是什么呢？你不是想说吗？"

她咬了唇，不敢再出声，岳泠澜示意她搀这女子起来，自己却避什么脏东西似的走到一边。汐回虽摸不着头脑，但也习惯了他的奇怪做派，想着许是他的洁癖又犯了，便默默扶着那女子，三个人一路闷声无话，回了枕菡榭。

汐回唤了冰沁接过这女子，见岳泠澜一言不发，想着他大概有自己的盘算，不便打扰，就对冰沁她们简单交代了几句因果，告辞离开。

岳泠澜垂眼慢慢呷着茶，任由众人围着仍做昏睡状的绿衣女，待冰沁上前请示是否需要好好照看此女时，才一撇茶盖，道："搁地上就行。"

冰沁一怔，听话照办，一旁的芷汀则十分好奇地舔着下唇，试了一下那女子的鼻息，喃喃道："还有气呀。真好玩儿，我还是第一次在慕颜洲见到不是死人的外人呢！"

冰沁无奈地戳了戳芷汀的脑袋，却听岳泠澜道："你们仔细看看，她像谁。"

芷汀认真地看了会儿，又想了会儿，揉着脑袋道："公子该不会是想说这么好看的姐姐是个仙女吧？"一旁的冰沁却渐渐神色凝重，低声道："疑是……故人来。"

岳泠澜听罢，略一扬眉："姑娘，你可满意？"说着便一把扼住那绿衣女子的手腕，毫不留情地将她拽了起来，冰沁、芷汀都不禁吓了一跳。

那绿衣女子在同时睁开了眼，一双眸子里满是害怕。她怯怯地看了岳泠澜一眼，又迅速垂下长长的眼睫，她的身形如一朵半倾着身子的雨后芍药，道不尽的我见犹怜。

岳泠澜没有说话，只擎着她的手腕目无波澜地看着她，直到她忍不住低声叫疼，他依旧没有半点儿松手的意思。在一旁凑热闹的夜明生却先急了："公子，她长得这么好看，你倒是轻一点儿啊！"

岳泠澜的一双眸子缓缓渗出寒意："汐回早替你看过，你脉象平和，气息顺畅，全无不适。慕颜洲戒备森严，你如入无人之境，还要在这儿装弱质女流，未免太不痛快。我已遂你的愿带你回来，还不肯说实话吗？"他顿了顿，又加重了几分力道："你是什么人与我无关，我只问你，她在哪儿？"

"放开我，我不知道你在说什么！"那绿衣女一面摇头一面挣扎，连带着颗颗泪珠也应景地滚落，"我先前还当真以为你是什么公子，没想到却是如此轻浮之人！"

芷汀闻言恼道："你可别胡说八道，我们公子要是轻浮，天下可人人都是纨绔了！再说了，就你这模样……"芷汀本想习惯性地挤兑一番这绿衣女的容貌，毕竟在她心里谁都配不上她家公子，可她摸着良心，又觉得绿衣女确实美艳动人，便只能嘟着嘴道，“就算你长得比我们好看些，公子也瞧不上你的，你死了这条心吧！”

这都什么乱七八糟的……夜明生扶了扶额头，却听身旁的云岁成插话道：“公子所说确有几分道理，但未免过于武断。所谓主观铸错，她一个弱女子……”

“你才来多久，插什么嘴？”夜明生忙捂了云岁成的嘴，他却仍含含糊糊地说个不停。

岳泠澜听罢，微点了头，松开那绿衣女的手腕，道：“看来是我过于心急了。”

“我虽只是一个小女子，却也明白‘士可杀，不可辱’的道理。我与你素不相识，你却如此欺侮我，这人世还有什么可留恋的！”绿衣女揉着手腕上鲜艳的红痕，噙着泪道。

岳泠澜旋出折扇，朝前方指了指：“墙在那边。”

绿衣女愣了愣，夜明生却控制不住“扑哧”笑出声来。

见四周再无动静，绿衣女咬咬牙，眼一闭便往墙上撞去。

云岁成喊着“不可”一个箭步冲上前，却被绿衣女的狠劲撞了个四脚朝天，挡人的手更是疼得如断了经脉。

“哎呀，云楂你这傻子！”夜明生又好气又好笑，夺过云岁成的手细看，见他“咝咝”吸着凉气，便一掌拍向他脑袋道：“人家爱演，你好好看戏就行了，又不要你掏钱，还非要上场扮英雄，蠢不蠢啊？”

绿衣女抬起泪眼看了看二人，也不辩白，只顾嘤嘤哭泣。

“公子，”芷汀瞄了眼房中的滴漏，小声道，“还有一炷香就到巳时了。”

“没时间了。”岳泠澜淡淡应声，却是对着那绿衣女。

绿衣女止住了抽泣，正自纳闷，手上一声脆响，手腕一沉，竟被岳泠澜戴上了个十分精巧的铸环，她微瞠了目，还未反应过来，人已不由自主地被牵到窗边。

岳泠澜将她锁在窗台边，好心重复道：“没时间了，这儿凉快，你好好待着。”言罢，他已步出枕菡榭之外。

“阿夜……”云岁成用胳膊肘碰了碰夜明生，夜明生回过头，只见他手心里卧了枚小小的钥匙——“方才公子出门时，不知怎的就把它塞我手里了，好像……就是解那副铐子的钥匙。”

巳时本该是天光大盛的时辰，可对眼下这座地牢而言，毫无意义。这个地方，宛如阎罗留在人间的巢穴，除了潮湿和阴冷，只有无边无际的黑暗。

在这走不出的黑暗中，岳泠澜翩然而入，天地间，似有光亮徐徐绽开。

第一层，第二层，第三层……每一层地牢顶部都悬挂着百十个钢笼，里面困着一众披头散发的囚犯，他们有的如野兽般凄厉嘶吼，有的已经没有力气叫喊，只微张着嘴看着岳泠澜。

他没有抬头，径自往下一层走去，直到第十八层——“黄泉”。他顿住了脚步，对这里，他很熟悉。

三丈高的石壁顶部，只系了一个笼子。笼子里困住的，竟是一个女子，尽管蓬头垢面，衣衫褴褛，单看形貌，却是掩不住的纤柔清丽。

她本安静地靠在角落，不声不响，状如行尸，可看见岳泠澜的那一刻，她眼中却有了些微神采。她颤抖着爬到前边，哑着嗓子唤了声“公子”，岳泠澜远远地看着她，默不作声。

她不是一开始就被囚在地牢里的，更是近两年才被观音迁到“黄泉”。六年前，她本和冰沁、芷汀一样，都待在枕菡榭，确切地说，那时的枕菡榭，有四个侍女。岳泠澜至今仍记得，小玉钩啃着水晶肘子含含糊糊地嘟囔着“我最喜欢暮雨了”，彼时，他替她拭了拭油光光的嘴，问：“为什么呢？我还以为，你会最喜欢涧花。”

她咽了口肉，理直气壮地跟他分析道：“冰沁年纪大了些，芷汀又太小，我跟她们都说不上什么话。涧花，她比我聪明太多，我总猜不出她的心思，这对比太惨烈。泠哥哥你看，我要吃肘子，冰沁就会说我的身体吃这些油腻的不好，芷汀会连声附和，涧花呢，她会二话不说给我切一盘最好的，再摆个有意思的造型。只有暮雨，她虽然总是讷讷的，可她做了两件事，第一，给我配了碟去油腥的小菜；第二，把你叫过来了。”

可后来呢？涧花触怒观音，若按照萧渺的说法，她死无全尸。而暮雨，她背着栽赃嫁祸的罪名，被囚在这地牢中，整六年。

打断岳泠澜回忆的，是暮雨剧烈的干咳声，她突然吸着气战栗起来，紧紧掐着自己的喉咙，干涸的嘴唇因为极度的痛苦霎时变得惨白。下一刻，她揪住了自己凌乱不堪的头发，死命地朝钢栏撞去……

岳泠澜不忍再看，他飞身上前，隔着钢栏一指点住暮雨的玉枕穴，又将一粒白丸送入她口中，只见她顿时筋骨松软，绵绵瘫倒。

仔细想想，暮雨身上植的并不是什么了不起的奇毒，这白丸慕颜洲门人也几乎人人有备，只是，除了他，谁又敢违背观音的命令，为这小小婢子解毒呢？如此，即便是最普通不过的毒，也足以置暮雨于死地了。

当年涧花和暮雨出事的时候，他一门心思都扑在小玉钩身上，根本自顾不暇，等冷静下来，他这两个侍女早已被坐实了罪名。观音虽纵着他自由来去慕颜洲，可每回他刚替暮雨解了毒，她便重新植上，乐此不疲。这样一来，每隔半年到了暮雨毒发之时，岳泠澜便不得不回到洲中。

他不得不承认，他这位姑姑，对他确实极为了解，每落一子，都掐准了他的行事作风，使他无论如何都不至于彻底离开。

回到枕菡榭时，暮色微起，榭中四下无声，正厅大门紧闭——就在几个时辰前，这里还上演了一出寻死觅活鸡飞狗跳的闹剧。眼下这情形，就差往门上贴张条子写明“此处有鬼”了。

岳泠澜微哂，折扇飞出，门“吱呀”开了，一盆火炭应声而下，却在同一瞬被扇风带着落入了院中。他虽料定房中有诈，可此番真瞥见了这火炭，却也不免觉得此举过于恶毒。

他面上不露，将早已被点了穴瘫倒在地的众人解开，又抬眼望了望放置木炭的房梁，也不管众人脸上异常精彩的表情，自顾自地坐下来端起茶盏。

冰沁先爬了起来，十分自觉地给他斟上新茶，他呷了口，对云岁成道：“是你放的人吧？”云岁成无话可说，他心中有愧，只得低了头，夜明生想替他说几句好话，却见岳泠澜微勾了唇，语气中带了少见的轻快，“不必内疚，钥匙是我给你的。”

云岁成惊了惊：“这么说，公子你早就知道，我会因为同情而放了那位姑娘？”

“不，不是因为同情，”岳泠澜认真道，“是因为蠢。”

云岁成刚抬起的头又低了下去。

芷汀跑上前，手舞足蹈地比画道：“那个姐姐一直哭一直哭，还一个劲儿地求我们放了她。我被弄得耳朵疼，想找个棉花堵上，结果一不留神，这傻子就把那铐子解了，那女的唰唰几下就把我们都点上了，然后跳窗跑了！哦，不对，她跳窗之前，还整了这一大盆木炭，说要……要……”

岳泠澜看她一眼，她终于补充道：“她说：‘烫死你个大冰块’！”

岳泠澜点点头：“可惜了，没能让她如愿。”

他走到窗边，枕菡榭高悬水上，从这儿出去，对武功寻常的人而言，绝非生路。

“主观铸错。”他饶有兴致地重复起云岁成的话来。

云岁成的头更低了。

“弱女子。”他接着打击道。

云岁成开始找寻地洞。

夜明生早已笑得前仰后合：“云楂，就你这性子，也只有亲眼见了才会长记性，以后别逮着个姑娘就开始怜香惜玉，人家可比你狠着呢！火炭，那可是会毁容的！正常人干不出这事儿！”

“那她大概只想毁我一个人的容。”岳泠澜慢条斯理地接道，“刚才我注意到，她费心把你们挪到了安全的位置，那盆火炭若真砸了下来，也伤不到你们。”

看来，她虽恶毒，却还不算丧心病狂。

“公子，”冰沁提醒道，“今夜洲主生辰，现下霞若轩那头怕是已经起宴了，公子要不要先过去？”

岳泠澜闻言便往门外走去，芷汀在后头兴奋地直喊：“公子，今晚一定很热闹，就让我先陪您过去吧，冰沁姐姐他们收拾完也会来的！”

“谁说我要赴宴？”岳泠澜淡淡应道，他的声音尚且回荡耳边，身影却早已消失不见。

比起观音的生辰，追上那绿衣女问个究竟显然让他更感兴趣。

想来她离开不久，身上的气味还未消散，要追踪并不很难。

岳泠澜是在鹭闲桥找到那绿衣女的，她心大得很，正堂而皇之地拨着水玩，待发现他时才给了几分面子似的开始跑。岳泠澜足下生风，略一扬手便揪住了她的衣带，一绕一拉，眼看她直直地往自己怀中扑来，他又毫不迟疑地松了手，可怜这绿衣女功夫再好也挡不住他这样的玩法，摔了个四仰八叉。

“你这阴险小人！”她爬起来拍拍灰，张口便骂，“追我做什么？”

“嗯，装模作样的是你，阴险的倒成了我。”

“你……”绿衣女气得说不出话来。

“而且，如果我没看错，分明是你赖在这儿不走，等着我来。”岳泠澜继续攻击。

“你……”绿衣女气得直想咬人，“我来慕颜洲是来办正事儿的，怎么能走呢？”

岳泠澜“哦”了一声，转身就走。

“哎！”绿衣女睁大了眼，“你就不问问我怎么进来的，来办什么事儿？”

岳泠澜头也不回：“我不感兴趣。”

绿衣女冷哼一声，突然妩媚一笑，柔柔喊道："月生君。"

意料之中地，岳泠澜顿住了脚步，这个称呼，被尘封在记忆里很久了，知道的人也少之又少，除了……他脑中一片钝疼……他又不可抑制地想起了那个影子，直到绿衣女走到他跟前，他才清醒了几分，却还是下意识地问道："她在哪里？"

绿衣女的眼中，瞬间闪过了一丝晦暗不明的神情。她来慕颜洲，是想借机接近岳泠澜不假，有意在鹭闲桥等他寻来也是真，但他这样的反应，并不是她想看见的。

算起来，他已经问过她两次同样的问题了，她很不喜欢。

她笑了起来："你先回答我的问题。"

她白玉青葱的手指一寸寸地攀上岳泠澜的前臂："我是怎么进来的呀？"

岳泠澜眼皮都懒得抬一下，只别过脸去，不动声色地避开："凭你的武功，硬闯不成问题，但不至于至今阖洲上下都没有动静，必是有人在洲中接应。"

"那你，又是怎么追上我的呢？"她倒是越挫越勇，不死心地靠近他，故意放软了声音。

"你离开不久，气味尚未消散。"

她愣了愣，大笑不止："原来，月生君是狗啊！"

岳泠澜也不恼："还得多谢你身上，浊臭逼人。"

绿衣女被噎得胸口发闷："你就不问问我来你们慕颜洲想做什么，不怕我用心险恶？"

"我说了，不感兴趣。"岳泠澜嘴上还是悠悠的，心中却想，你用心不坏才怪。

"那好，"绿衣女眨巴眨巴眼睛，"那这个呢？你感兴趣吗？"

她指尖夹着的，是一个极其剔透小巧的吊坠，那是一个红玉雕成的月亮。

岳泠澜的面上，瞬间竟起了薄薄的怒色，他不发一言，出手便夺，招招狠戾，全然不似之前的玩笑。

绿衣女显然也始料未及，这枚吊坠，是她先前趁岳泠澜恍惚之时从他脖间偷偷扒下的。当时，她窥见这红月贴着他的白皙肌肤，影影绰绰间生出了十分的心痒。她直觉这玩意儿于他重要，却不承想，竟重要到让他连面上功夫都不愿再做的地步，这打法，像要她命似的。

她心中又是不解又是生气，眼见不是他的对手，只得瞎蒙了一处方向就跑，岳泠澜也不废话，提扇便追。

不想这绿衣女武功虽不及他，轻功却出神入化，岳泠澜紧随其后，竟一直无法将她彻底擒住。两个人就这样飞也似的跑到了一处高台之上，绿衣女终于忍不住停了下来，气喘吁吁地讨饶道："大哥，你至于为了一枚破坠子追我这么久吗？"

岳泠澜反手拧住她的腕子，将红月坠子取回，绿衣女疼得直跺脚："你除了老拧我的手腕，还会做什么！"

"招不用新，管用就行。"岳泠澜冷嗤一声，"你还没有回答我的问题！"

"什么……什么问题？"绿衣女简直要崩溃，"苍天啊，又是那个问题？我真的不知道你说的'她'是谁，也不知道她在哪里啊！"

岳泠澜手上力气不减，但他留意这绿衣女的神情，又不像是在骗人。

一开始，就是他想多了吧，抓了点儿虚无缥缈的希望不放，哪有那么容易的事？

他脑中清明了许多，知道"月生君"这个称呼的，除了小玉钩……

"你是长离宫的人。"他微眯了眼。

眼泪汪汪的绿衣女抬了头，对上他紫眸惑惑的一张脸，忍不住恍了恍神。此人必是妖孽，她想。

第三章 忽梦少年事

长离宫和慕颜洲一样，创派不过几十年，却已经能和有数百年历史的大派“一粟海”在江湖中分庭抗礼。

据说长离宫创始人洛清眠是黄帝时期风后宰相的苗裔，极擅长奇门遁甲和五行水火之术，她凭借自己举世无双的技艺建了一座美轮美奂的地下宫，名“长离”。除了是个武痴，她还精于用毒，在世时便会聚了一众同道能士，“长离”逐渐壮大成派。

此派中人，个个古灵精怪，行事刁钻，常年待在地底下练多了奇门毒术，连人也变得阴恻恻的，以至于江湖上的人都把他们当成了十足的怪物。古语有云：“医毒一家。”长离宫人人都是用毒的高手，若论起顶尖之人的毒术，那是可以和汐回的医术硬碰硬的。

慕颜洲与长离宫本无往来，可六年前，不知何故，长离新任宫主冷折鸢率门下“长离三劫”夜闯慕颜洲，还和岳泠澜交了手，落败后才折返。

说起来，这冷折鸢随了前任宫主冷落的姓氏，在冷落辞世时年仅十五岁。她奉命继位，却扣住冷落的尸体不允下葬，不设灵堂从不拜祭，门中多有怨声，她却置若罔闻。要知道，她是年幼时由冷落亲自带回又一手养大的，如此忘恩负义，便是行事素来诡谲的长离门人也觉得心寒。

她武功卓绝，手段狠辣，小小年纪就带得长离宫蒸蒸日上。江湖上极少有人见过她，可见过她的人都痴了，一天到晚念着她的容貌，有的说是妖娆妩媚，又有的说是清逸如仙，竟没个一致的说法。

“死人面皮。”岳泠澜冷不丁地冒出一句话来。

“什么？”绿衣女摸不着头脑。

“没什么，想到了冷折鸢的容貌而已。”

“你见过我们宫主？”绿衣女的眼睛亮了亮，想到了什么，又气恼起来，“我没听错吧？难道你是在说我们宫主不好看？”

“毫无生气，谈何美丑。”

“你太过分了！”绿衣女几乎要喊出声来，“有福气见过我们宫主的，没有一个说她不美的！”

“你的重点不对啊，”岳泠澜好心提醒，“这么爽快地承认自己是长离门人，冷折鸢是怎么放心派你出来办事的？”

绿衣女哑了哑，这才意识到自己被套了话，她挣开岳泠澜，揉了揉自己酸疼的手腕：“我确是长离宫的人，可你为什么一开始就这么笃定？”她见岳泠澜没什么反应，又自作多情地补充，“我知道，我生得美，武功又好，江湖上年轻一辈的女子里，是鲜少有人及得上的，可除我长离之外，一粟海不也有几个拿得出手的女弟子吗？听说有个叫望舒的……”

岳泠澜冷笑一声，绿衣女适时地闭了嘴。

也对，一粟海素来自恃名门正派，以帮扶天下苍生为任，若真出了她这样一个一言不合就毁人容、偷人吊坠的弟子……她该早就被打死了吧。

“‘月生君’这个称呼，源自六年前的一个夏夜，当时在场的外人，只有冷折鸢和她的人，所以，你只可能是长离门人。”

绿衣女撇了撇嘴：“算你厉害，是血妖精告诉我的。”她说的“血妖精”，大概就是“长离三劫”之一，擅使暗器的血琉璃。

岳泠澜正要细问，忽听四周渐起人声，原来他二人不知不觉，竟到了霞若轩之外。正值观音生辰，霞若轩灯火如昼，连回廊都满了座，岳泠澜本无意赴宴，谁知那绿衣女却一个回身拉住他的手，兴冲冲地说：“快快快，看热闹去！”

岳泠澜不由得打了个激灵，他迅速地抽出手，往后退了一步。绿衣女这回倒没有生气，她的注意力已被高台之下的盛况牢牢吸引，她正准备进去，岳泠澜却冷冷开口：“你就算嫌自己活得太久，也不必跑到我姑姑面前送死。”

绿衣女明眸一动，笑道：“你在担心我？”未等他回答，她已跃入霞若轩中。

此时的霞若轩，人头攒动，满目琳琅，一众女子皆身着白纱红抹，正在翩翩起舞。

那天第一次见到羽衫观音，殿中女子就都是这个打扮，原来是在为今日做准备。夜明生往嘴里塞着糖蒸酥酪，心中暗自想着。

一旁的芷汀正在和冰沁咬耳朵，他不用凑过去听也能猜到，她们一定是在讨论岳泠澜的去处。要说尴尬，那是真尴尬，想那观音坐于正北处，身旁的位置一直空着，这少主也委实不给面子，好歹是要叫姑姑的，也不知是为了什么，这做派，倒像是有深仇大恨似的。

夜明生脑中闪过千百种爱恨情仇，忽听芷汀一声惊呼，只见岳泠澜不知何时已出现在观音身边，几乎是同时，他又看见白日里那神秘的绿衣女竟也立在阶下，毫无拘束之态。

轩中霎时静了下来，岳泠澜并未落座，他高高在上地睨着绿衣女，一动不动。

看清了他隐隐的护卫之意，绿衣女的笑容带了几分挑衅，她并未行礼，只朗声道：“观音娘娘，长离门人阿筝，奉宫主之命，为您祝寿。”

此语一出，周遭又响起了窸窸窣窣的交谈声。观音同远处的萧渺遥遥交汇了眼色，转而对阿筝温柔一笑：“不想你们宫主派来的是个如此标致的姑娘。”

原来，在洲中接应阿筝的，是萧渺，也就是说是观音自己。慕颜和长离之间，看来有了某个共同的计划。岳泠澜坐了下来，继续看着轩中众人表演。

阿筝皮笑肉不笑：“宫主十分感念观音娘娘的邀请，特命我送来此物，聊表心意。”说着，她掏出一个琥珀色的小瓶，交与拂衣，又轻声对观音道：“此水名‘回魂’，将其滴于损坏的布料之上，下置宣纸，半个时辰便能在纸上显出布料的本来面貌。”

“你家宫主有心了，”观音往座后靠了靠，“替我多谢她。”

“观音娘娘客气了，”阿筝笑得越发烂漫，她分明是对着观音说话，眼神却毫不避讳地注视着岳泠澜，“我说过，我是特地为您而来的。”

岳泠澜只管自己啜着茶，那头阿筝却开始两眼放光地看着观音，直愣愣道：“观音娘娘真美，为您这样的美人贺寿，真是多大的排场都心甘。”

观音笑道：“不能跟你这样的年轻姑娘比。阿筝姑娘远来是客，这下一支舞，便由你定吧。”

阿筝望了望轩中的舞女，惊道：“我说什么她们便能跳什么？”

观音点头道：“天下乐谱，我慕颜洲是再齐全不过的。”

如此，阿筝便认真道：“昔年大极宁帝在时，清安公主紫宸游曾创一舞《月生》，传说此舞清丽绝伦，宛若海上明月初升，光芒大耀。您也知道，我们长离宫虽美，终归是在地底下，我挺想见识见识这般明亮的舞蹈呢！”

说这话时，阿筝的眼眸碧色沉沉，晶晶亮亮，观音脸上虽然依旧挂着凉凉的笑意，唇角却在听到“宸游”二字时已不自觉地抿了起来。

阿筝见状轻声道：“若是不方便……”

“倒不是不方便，”观音很快便恢复了平常神色，“乐谱我们是有的，只是此舞的领舞部分难度颇高，恐我这些笨拙门人无法胜任。”

“这倒没什么，”阿筝大大咧咧道，“您放心的话，请允我看一下乐谱，我领舞便是。”

观音示意拂衣召来乐师，阿筝接了乐谱翻了翻，又环顾四周，只见众女子白衣如雪，再看自己，绿衣滴翠，不禁莞尔道：“我这个月亮的颜色有点儿奇怪啊。”

说罢，她便盈盈起舞，下腰、折袖、起跳、回旋……

春水脉脉间，缓缓升起一轮明月，初时清质悠悠，澄辉霭霭，接着，长河韬映，列宿掩缛。

那碧海之上，究竟是谁在折腰翻袖，又是谁在伴着乐声婉婉转转地唱?

岳泠澜的唇边，竟聚起了微微的笑意，随着阿筝舞曲渐尽，越发浓郁，弧度正要完全张开，乐声戛然而止，这寡淡却难得的笑意便连同他眸子里的神采，一起黯淡了下去。

他指尖悬在杯壁外侧，轻轻道："够了。"

正想接着跳下一节舞的阿筝有些困惑地抬头，却见他脸上的神情淡而凄哀，一时间忘了该如何和他抬杠。

他缓缓继续道："你不许跳这支舞。"说罢，他起身离席。

他的话看似命令，落入阿筝耳中，却分明带了一丝恳求。

究竟是什么样的过往和人事，才能让岳泠澜这样的人流露出这样的表情?

阿筝有些惊骇地发现，她没法拒绝他的恳求。

曲终人散，阿筝被观音留下说了好一会儿的话，等她从霞若轩出来时，已是深夜了。按理，夜半时分，人都该熟睡了才对，可她凭记忆回枕菡榭的一路上，却见到了不少来去匆匆神色凝重的门人，她正觉奇怪，忽听"哎哟"一声，才发现自己迎面撞上了谁。

阿筝也被吓了一跳，忙扶住那人，定睛一看，却是芷汀。

"大晚上的慌张什么，赶集呀？"她半开玩笑地打趣道。

芷汀急道："公子没回来，连碧海青天都找不见人，都不知他去了哪里！"

阿筝觉得好笑："岳泠澜这么大个人了，难道连这点儿行动自由都没有？随他去嘛，你们也太小题大做了。"

芷汀无暇理会她，只说了句"你不知道"就撇开她往前赶去。

“你不说我怎么知道。”阿筝翻了个白眼，正想追上她，眼前却横出了一只素白的手。

汐回拦在阿筝面前，温声道：“师兄的事，你最好别管。”

阿筝挑眉：“你什么意思？”

“就是这个意思，”汐回收回手，“我是好意提醒，你别掺和。”

“我平生最讨厌别人用一副警告的姿态跟我说话，”阿筝柔柔一笑，“你越这样说，我就越要掺和。”她靠近汐回，接着挑衅，“你管不着，你好像不是我的对手。”

汐回并没有生气，反而轻轻叹了一声：“可你也不是她的对手啊。”

阿筝脸上的假笑僵了僵。

她她她，又是她，烦死了。

“我们之所以这么着急找师兄，是因为不知道他会做出什么事来。”汐回摇了摇头，“他十六岁起就常年在碧海青天居住，极少回来，那时他虽日益消瘦，到底行动如常，师父也就由他去了。可三年前的一个晚上，他却一把火烧了碧海青天里他住的房子。当时，他就躺在地上，看着平地涌出烟雾，任由房梁被火烧塌，砸到他背上，伤可见骨……”

“就为了那个‘她’？”

汐回有些哽咽：“是，一直都是为了她。就差一点儿，如果不是有人发现火光，师兄或许就……你能想象吗？他那么爱美、爱干净的一个人，背脊上密密的都是焦黑的伤痕……”

阿筝默了默：“三年前……那岳泠澜现在多大了？”

汐回止住了哭声。

阿筝不好意思地笑笑，她向来抓不到重点。

“二……二十二岁。”汐回有些茫然地回答。

“看不出来，他长得真挺嫩的。”阿筝往前走了几步。

“你去哪里？”汐回喊道，“阿筝，我说了，你别掺和，你像她，可你终归不是她。”

“我也说了，”阿筝远远地应道，“你管不着。”

夜晚的慕颜洲对寻常人来说无疑偌大而幽深，可对常年在地下宫生活的阿筝而言，却和白昼没什么区别。她穿花拂叶，几乎寻遍了整个慕颜洲，却仍然没能找到岳泠澜的踪迹。

她想起枕菡榭，想起碧海青天，想起那枚红月，想起“月生君”的称呼，还有那支同名的舞曲……如果他真那么在乎那个不可说的女子，那么想念那个月亮……

哪里是离月亮最近的地方？

她抬起头，慕颜洲最高的楼阁，在那儿。

阿筝飞似的奔回枕菡榭，榭中空无一人，大抵都是出门找岳泠澜去了。她没多想便奔到一旁的小楼前，一把推开楼门。

他不在里面。

她没有泄气，索性飞檐走壁，跃至小楼顶端，可四下空荡，他依然不在这儿。

难道是她想错了？

阿筝皱起了眉，离月亮最近的地方……忽然，四面幽然风动，阿筝觉得有些冷。她伸手哈了口气，抬头，皎月如霜，低头，月影横斜，竹间映着稀稀疏疏的光斑，一路延伸到地上，到水中……

水中！完好地倒映着天上的月亮！那浮在水上的天神般的少年，不是岳泠澜又能是谁？

阿筝暗啐一声，一跃而下，把水里的岳泠澜一把揪出，她动作十分粗鲁，刚攀上水畔，便迫不及待地骂道：“你脑子是不是有病？大晚上的去做水鬼？知道多少人在找你吗？要死也不死远点儿！就死在家门口，你要那几个小丫头怎么活？”

岳泠澜静静地任她骂着，清浅的月色衬得他的面容越发皎白如雪。

等她骂完了，他才慢慢伸出手臂挡住眼睛，轻轻道：“我怎么会想死？只是喝了点儿酒，有些热，想凉快凉快。”

阿筝白了他一眼，挪开他的手，凑近他使劲闻了闻，却没有嗅到丝毫酒味，他身上，只有暗香浮动、竹气氤氲，沁人心脾。

岳泠澜破天荒地没有推拒她的靠近。此刻的阿筝，衣上沾了水和泥，两颊的胭红微微晕开，原先点缀发间的诸多发饰也歪斜了一片，样子有些狼狈，岳泠澜却凝视着她，许久，他竟伸出手，像要抚上她的脸似的，温声道："伤好了？"

阿筝微张了口，这是她第一次这样接近岳泠澜，他清凌凌的声音，幽香脉脉的呼吸，还有那略少血色却不染凡尘的容颜……

她应该生气的，他的言行如此莫名其妙，分明是把她当成了另一个女子，可不知为什么，她非常留恋这样的贴近，并不想离开。她很没出息地咽了口唾沫，计上心来，便要去抓他的手，嘴上直道："是啊，已经治好了。"

可岳泠澜却立时避开，眸中已无恍惚神色。他坦然地看着阿筝，摇头道："你不是小玉钩。"

原来，他叫她小玉钩，这么奇怪的名字，听了就让人讨厌。

夜更深了，地霜也结了一片，再不把他带回去，慕颜洲怕是要翻天。念及此处，阿筝便按捺下心中不快，想要搀他起来，不料这家伙虽在半睡半醒之间，脑子却没有完全糊涂，他摆摆手，继续往地上偎去。

阿筝也不废话，"咔嚓"一声，岳泠澜手上便多了个明晃晃的铐环，正是白天他用来对付她的。

阿筝面有得意之色，她拍拍岳泠澜的脸，"喂"了几声，见他一动不动，不禁笑开："以其人之道还治其人之身，看你这下怎么跑。"

枕菡榭内，留下来等消息的冰沁正在门口张望，忽听院中一声响，回头才发现阿筝正在忙着整理自己的头发，岳泠澜则被她丢在地上，两个人身上都是湿漉漉的。

冰沁大惊，忙上前扶起岳泠澜，又对阿筝道："你怎可直接将公子扔下来？摔坏了怎么办？"

阿筝嗤了一声："他叫你们把我丢地上的时候，你们怎么不怕摔坏我啊？哼，要不是我，等你们找到他，他早就淹死冻死了！现在反倒埋怨起我来了，不识好歹！"

冰沁懒得和她争吵，阿筝逞了口舌之快，心中舒服许多，便也上前帮忙，二人合力，将岳泠澜安置到榻上，却发现他左手被铐，右手紧握成拳。

"还不快解开！"冰沁有些头疼。

阿筝不情不愿地解开铐环，冰沁则小心翼翼地掰开岳泠澜的右手，"哐当"一声，有什么东西掉了下来。

阿筝拾起后定睛一看，原来是一根翠翘，虽是晶莹，却也普通。她看不出什么端倪，却听冰沁轻呼道："这不是月姑娘的翠翘吗？"

"月姑娘，"阿筝冷笑，"他的小玉钩？"

冰沁点头："这翠翘丢了好些年了，也不知公子是怎么找到的。"

阿筝心头一滞，她转而望向已经熟睡的岳泠澜，此时的他脸上再无冰砌雪堆的寒冷，却仿佛笼着层柔和的光芒，恬静得令人不忍打破。

"冰沁，我想问你点儿事。"阿筝轻声道。

"如果是月姑娘的事，恕冰沁不便多说。"冰沁专心地给岳泠澜擦脸，头也不回。

阿筝狠狠瞪她一眼，却觉得反正她也看不见，实在是很没意思。这当口，芷汀急急忙忙地冲了进来，拿起茶壶边灌边叽叽咕咕道："累死我了……让我歇歇……再换个方向……去找公子……"

"找你个大头鬼，"阿筝一把拽起芷汀便把她往外推，"他已经回来了，甭管他。"

芷汀稀里糊涂地被她拉到水畔坐下，只见湖中的月亮在夜风中碎成了好几瓣，到底是小女孩心性，脱口便道："这月亮碎得像水灯似的，真好看！"

阿筝接道："我听说，水灯能召唤已经离开的人。"

“是这样呢，”芷汀点头，又好像想到了什么，低声道，“也能让死去的人得到安息。”

阿筝亲昵地搂住她，冷不丁地快速道：“你们那个月姑娘，死了是不是？”

芷汀猝不及防，等回过神来才连声道：“呸呸呸！你不要乱说！月姑娘只是失踪而已，是失踪！”

“哦……”阿筝拖长了声音，她对芷汀的反应十分满意。

芷汀捂住了脸，这女人太坏，这样套话。

阿筝却十分兴奋：“快说！”

芷汀连连摇头。

“她也是岳泠澜的侍女？”

芷汀望天。

“是他师妹？”

芷汀望地。

“你再不老实交代，我就去告诉岳泠澜，就说是你说的，月姑娘死了！”

芷汀都快哭出来了，只得央求道：“那你不许到处乱说。”

阿筝竖起三根手指：“我保证。”

芷汀轻叹一声，望着浮光跃金的水面，怅然道：“我们慕颜洲的人，但凡有几分地位的，都是从小就开始被洲主有心培养，只知有慕颜洲，不知有父母。就像冰姐姐，她是被抛在雪地里的弃婴，我呢，据说母亲是个风尘女子，生了我又养不起……总之，自来到这里，命就不是自己的了。”

“也别说得这么惨嘛，”阿筝拍拍她的肩，生硬地安慰道，“我看岳泠澜也没想要你们的命……”

“倘若公子想要我们的命，我们求之不得，”芷汀低头道，“我愿意伺候他一辈子。可我只是个侍女而已，所以你说，月姑娘怎么可能和我们一样呢？”

“岳泠澜喜欢她？”

“你才知道啊？”芷汀忍不住翻了个白眼。

“他……他们不会已经成亲了吧？”阿筝差点儿要跳起来。

“怎么可能？”芷汀受不了了，“月姑娘失踪的时候尚未及笄，成什么亲哪？”

“那就好。”阿筝下意识地嘟囔道。

“你想什么呢？”芷汀没好气地打击她，“你没机会的。”

阿筝托着腮，对着芷汀温柔地笑：“那可说不准。”

让她永远失踪下去不就好了？多么简单的事。

“在想什么呢？”芷汀推了推一脸嘚瑟的阿筝，见她眼珠骨碌碌地转个不停，一看就是在打什么坏主意。

“你说你的，不用管我，”阿筝拨了拨水，“继续说她吧，你们叫她月姑娘，那她姓月？”

“我不知道月姑娘到底姓什么，但她一定不姓月。我进慕颜洲比较晚，是跟着冰姐姐她们一起这样叫她的，她和公子也都喜欢我们这样叫。”

“所以，是先有的‘小玉钩’，再有的这个‘月’字。”

“正是如此。”

“岳泠澜真肉麻。”阿筝气呼呼地搓了搓手，“那她总得有个真名吧？”

“这个问题恐怕没人能回答你。月姑娘是孤女，无父无母。不过说起名字，倒真有一个，还是洲主给她起的，叫‘离睢’。”

“离群睢鸟，孤苦伶仃，”阿筝轻语，又嘲道，“你们洲主可真是疼她。”

芷汀沉浸在回忆中，并未留意阿筝的弦外之音：“谁都不会有公子那样疼她的，如果我是她，身世再孤苦都知足了。”

说着，她指指紧挨着枕菡榭的那栋小楼：“那里，你进去过吗？”

阿筝撇撇嘴："进去过啊，黑灯瞎火的，加上那时候急着找岳冷澜，就没留意，怎么了？"

"那是月生楼，从前就是她住的，要是在白天，你就看得清楚了。"芷汀苦苦一笑，"她走了六年了，里面的陈设依旧一尘不染。她先天有疾，公子怕她发作的时候弄伤自己，任何尖锐的物件都不会出现在我们这儿。什么桌子椅子茶几床榻，全让人磨成了圆角再用绒布仔细包裹了。她喜欢香，喜欢竹编的小玩意儿，公子就天南海北地给她找来新鲜有趣的。她喜欢雀儿燕子什么的，帘子就常年给她拉起从不许放下的。她喜欢摆弄花花草草但又养不好，公子就命我们小心照顾她的花草，但千万不要让她知道是我们暗中看着的，生怕她为此不高兴……"

阿筝听得一愣一愣的："想不到，他这样冷清的一个人，竟也会为谁用心至此。"

"这些都不过是九牛一毛，"芷汀叹气道，"听说公子幼时便随洲主在江湖上四处游走，月姑娘被洲主捡到时不过两三岁，公子那时也就五六岁的光景。若说青梅竹马，可汐姑娘她们不也是吗？我其实很想知道，为什么公子就单单对月姑娘好成这样。"

阿筝眼里放光："我也很想知道。"

芷汀挠挠头："不过他们确是天上地下都再没有地相配。当年，月姑娘年龄尚小，身量未足，却已经美得不可方物，她和公子就好像是一对雪堆出来的璧人，怕是画上都不曾有的。现在，可不知道她美成什么样了呢。"

"有这么夸张吗？"阿筝一脸不服气，"那她有我美吗？"

"不一样的。"

"哪里不一样？"

"说真的，冰姐姐没走眼，你的确有几分像她，不过不是容貌，是神韵，具体的我也说不上来。"芷汀盯着阿筝看了好一会儿。

阿筝被她盯得发毛："不是在说不一样吗？怎么又说像了？"

“你也是极美的，可你是花，她是月亮，花干吗非要和月亮比呢？”

阿筝冷笑：“我是地上的，她是天上的，你就是这意思呗，还变着法子拐着弯儿说，臭丫头！”

芷汀不好意思地瞟她一眼，尴尬地笑笑。

阿筝突然想起了什么：“她脸上有伤？”

“这你都知道？”芷汀讶然，“那似乎是旧伤了，月牙形的，在右颊上。”

“就像一枚小玉钩对不对？”阿筝咬牙切齿地笑，“岳泠澜真当她是天女下凡了？浑身月亮，闪瞎眼了！既然疼成这样，怎么又让她给跑了呢？”

“不是跑了，”芷汀打了个哆嗦，“是失踪。活不见人，死不见尸的失踪。”

“怎么回事儿？”阿筝眯起眼来。

“我也不清楚六年前究竟发生了什么，几乎是一夜之间，什么都变了。月姑娘身体不好，从未独自离开过慕颜洲，那晚却没有回来，一个大活人，就这么无声无息地消失了。谁都不知道到底是因为什么，可谁也不敢去问，就像她从来都没有在慕颜洲存在过一样。”

“还有这种事？那岳泠澜呢？他也没反应？”

“怎么没有，简直闹翻了天。公子当年也不知是怎么惹到了洲主，一连数日都被囚在‘黄泉’，月姑娘出事的第二天，他被洲主亲自带回枕菡榭，可他……”芷汀不由得战栗起来，“他浑身都是血，几乎是被洲主拖回来的，他被丢到地上，洲主当着我们的面狠狠踢他，叫他说话，可他就是不出声，不哭也不闹，就像丢了魂一样……”

阿筝有些听不下去，她勉为其难地把芷汀拽过来，生硬地抚了抚她的背以示安慰。

“我记得，那天我和冰姐姐她们都吓坏了，无论我们说什么、做什么，公子就是不应声，后来，连洲主都看不过眼，上去拉他，他一把反握住洲主的手……”芷汀闭了闭眼，“他用了十分的力气，洲主没有防备，臂上竟被他掐出血来……要知道，他一直十分尊敬洲主，从未像那次一样，望着她的时候，眼里满满的都是不加掩饰的恨意，更别提出手伤她了……”

“后来呢？”

“洲主走了，我们想侍候公子睡下，他却死活不肯换下那件血衣。后来，外头起了风雨，他怔怔地看了会儿，竟跑到源依殿去，他当年毕竟刚满十六岁，不像现在，喜怒都藏在心里，那时大概实在委屈得不行了，就在洲主屋外拍了一宿的门……”

“观音理他了吗？”

芷汀按住额头：“哪能不理呢？洲主在公子身上，花了多少心血……那晚，公子高烧不退，后半夜趴在洲主门口就是不肯走，洲主大概也是没办法了，终于开门出来，公子就拽着她的裙摆，迷迷糊糊地说着什么，我们凑近了才听清，他说的是——‘把小玉钩还给我’”

“所以六年前离睢到底出了什么事，看样子只有岳泠澜和观音清楚了。”阿筝有些失望，“再后来呢？”

“再后来，汐姑娘赶了过来，一连折腾了好几天，公子才慢慢退了烧。从那以后，他便搬到碧海青天去住了，很久才会回来一次，回来也大多只是看看月生楼打理得好不好。”

“听你的描述，岳泠澜的身体好像也不是很好？”

“公子也是先天体弱，特别容易生病，只比月姑娘强点儿。”

“那他武功这么好，还真是不容易。”阿筝佩服至极，“成天摆着张冰块脸让人看不出一丝异样，更是不容易。”

“其实，公子近几年身体已经好很多了。”芷汀想到了什么，“月姑娘失踪的头几年，公子患上了一种怪病，怕人得很，一张脸无半点儿血色，连汐姑娘都诊不出病因。我们自个儿瞧着，公子瘦得皮包骨头，竟像是失血过多！更奇怪的是，那时候，他身体越来越差，却从未自暴自弃，每每回来还能同我们说上几句话，可后来，他不药而愈，却变得更加孤僻，有时候一个月都听不到他说一句话，那副心灰意冷的样子，才真让我们不知所措……”

“他找离睢了吗？”

“简直都快找疯魔了……尤其是后面几年，公子什么地方没去过。可她还是音信全无，说真的，我真怕她已经不在了……她那样的病，谁又会像公子和汐姑娘那样照料她，她一个人要是流落在外，怎么挨得过去……”

“汐回说，岳冷澜放过一把火，险些烧死自己，是什么时候？”

芷汀偎在阿筝怀里，早已卸下防备：“三年前。”

阿筝的唇边勾起一个意味深长的笑来：“真不简单。”

芷汀有些疑惑地抬起头，阿筝拍拍她的脸：“我随口一说，不必认真，你继续。”

“月姑娘的事，我就知道这么多了。”芷汀老老实实地说，“不过，最开始，我说的水灯能安息亡灵，指的是另一个我亲近的人，如果你想听，我可以……”

“不不不，”阿筝果断拒绝，“我不感兴趣。”

“那阿筝，你为什么对月姑娘这么感兴趣啊？”

“错，”阿筝拍拍绿罗裙上的灰，站起身来，“我不是对她感兴趣，我是对你们少主感兴趣。”

芷汀“啊”了一声，只见她笑得十分坦荡，十分……不要脸。

夜还很长，是时候回去睡个好觉再做个美梦了，反正已经找到岳冷澜了，不是吗？

“人找到了？”观音睁开眼，按了按拂衣的手。

“安心，公子已经回来了。”拂衣小心地拭去观音额上细密的汗珠，“小姐，您可吓坏我了，自宴后看了那幅刺绣，您已昏迷了整整两个时辰，怎么唤都唤不醒，偏偏汐姑娘又刚走，想找个放心的人看看都难。”

“不碍事，不过做了个梦。”观音眸中一片怅然，“拂衣，我梦到他了。”

她已经有二十年不曾梦见过岳芫了。

这个，只要微微显出模糊的影像，就能拉扯着她的心肺激起层层钝痛的男人，她刻意不去想他已经很久了，久到她以为，和他在一起的那些点点滴滴早已淡去，连感觉都被蒙上了灰。

可是，为什么在梦里，那层灰一拨开，就呛得她直想落泪呢？

她梦见那座白骨遍地的乱葬岗，她背着人事不知的岳芫从乱石堆中艰难爬出，她脚踝上的旧伤被石块再次划开，鲜血淋漓，她却庆幸没有污了岳芫的衣衫。他是那样秀美的少年。

她梦见自己被他逼着修炼一套套精妙绝伦的武功，她已经十分努力，他却依旧不满意，她赌气跑了出去，这个笨蛋，直到黄昏时才找到她。这叫她该如何不生气？她明明一直躲在不远处等他追过来的。可当他抱着她说再也不让她离开的时候，她除了紧紧回抱，什么都做不了。

接着，她又梦见那个春意缠绵的夜晚，她从他身上摸到了那张宸游的小像……她质问他是不是只是把自己看作替身，他眼神躲闪，她歇斯底里地咒骂着，想要撕碎那张小像，他毫不犹豫地将她一把推开。

她为了他不分昼夜地习武，钻研各种术法，把慕颜洲发扬光大，她为了他的愿望，一心帮助好不容易才重掌皇权的紫氏巩固帝位，可到头来呢？他说他爱她，让她不必和一个死人计较，却为了一幅小像对她动手，他明知她所做的一切都是为了他，却埋怨她用计狠毒不择手段。

他曾在她十八岁生辰时赠给她一幅山水刺绣，他说他将不思珉藏在这刺绣中，长生对他而言的意义不及她一个笑容。

她一直舍不得打开那幅刺绣看看，那是他送给她的最后一件礼物。她怎么会对长生有兴趣，她想要的，不过是一直和他在一起罢了。

可后来呢？他爬上了展锦端的床。

她再也不想信他了。

她下了许久的决心才把那幅刺绣抛入火盆，但烧了一小半，她便忍不住伸手去捞。她失了理智，连先熄了火都想不到，一双手就那样攥住了烧得通红的炭。

太疼了。

观音松开手，握了好几个时辰的宣纸，此时已皱得不能看。冰沁的刺绣手艺独步天下，她尊观音之命修补了那幅刺绣多年，她没能触碰到的谜底，被阿筝带来的一瓶回魂水轻而易举地揭开了。

她机械地将宣纸摊开，指尖所到之处，是那幅刺绣完好时应有的样子——青山绵延，湖明若镜，湖心赫然一座高楼，周围都是丛丛簇簇的花草。

观音的呼吸突然急促起来："这是萱花。"

拂衣一怔，却见观音已丢开那宣纸往外跑去，她来不及拉住观音，只能急急跟上。

穿过源依殿内狭长的密道，观音在尽头的宫室前停下。

宫室四面墙上燃着长明烛，偌大的空间里，一张冰榻青光熠熠。观音慢慢走近，岳芫沉睡的面容渐渐映入了她的眼里。

她早已不年轻了，可他还是当年的模样，仿佛只要他一睁眼，就还能眉目温润地唤她的名字，拥她入怀。

可是，在她看不见的时候，他是不是也一样温柔多情地对待展锦端的呢？

观音踉跄了一下，她突然俯下身去，抱住了岳芫，她的脸紧紧贴着他的，声音打着战从牙缝里溢出："为什么是萱花？为什么是萱城？那是我的生辰礼物啊，为什么会是在展锦端的家乡？"

她终于忍不住呜咽起来："你不是说，你从来都没有爱过她吗？你不是说，你爱我，想和我长长久久地在一起吗？岳芫，你骗我！"

拂衣心疼地拥住观音，却见她眼中一片凄哀。

"我不甘心，"她低低道，"如果是紫宸游，输给她也就罢了，谁叫她死了，我还活着，活人永远争不过死人。可是拂衣，为什么偏偏是展锦端那个贱人？”

“小姐，我们别再管岳芫了好不好？”拂衣也含了泪，“别再费心找不思珉救他了，他真的不配您这样待他。”

观音摇头，拂衣咬咬牙，指着岳芫道：“他早就该死了！我把那根金针拔出来，让他立刻就死！”

观音浑身一颤，她忙推开拂衣，死死护着岳芫，她的唇有些发白，连声音都不是很稳：“这世上，最痛快的莫过于一个死字。我要他活着，和我一样一辈子都活在痛苦里，一辈子都记得，他负我！我要他求死不能，永远苟延残喘地活下去！”

她微抬了头，发觉岳芫的脸被她压得发红，而他的鬓角，竟有了一根白发。观音愣了愣，忙起了身：“叫汐回过来。”

拂衣轻声哄道：“您忘了，她向您辞请去寒潭，您准了。”

“寒潭……”观音的眼神犀利起来，“在萱城，是不是？”

拂衣点点头。观音抚着岳芫的脸，汐回照料了他这么久，按理，现在的他是不会老的。可如今，他也生了白发，不知是不是这具身体起了变化。

看来，找不思珉的事，刻不容缓。

“把泠儿叫来。”她钩出那根白发扯断，淡淡道。

拂衣一时没有反应过来，却见观音轻笑一声，温柔地重复道：“天亮了，去把泠儿叫过来。”

她的脸上，现出了拂衣再熟悉不过的神情，那是她像猫捉老鼠一样玩弄敌人时惯常有的表情，恬然，沉静，带着不动声色的媚。

此刻，她正用这样的目光柔柔注视着岳芫，许久，笑了笑：“他真不像是你的儿子。”

第四章 白衣动萱城

岳泠澜睁开眼时，晨曦是隔了帘笼照过来的，带着清早特有的露水味，洋洋洒洒地在他的床榻上漫开。

他想要坐起，却发现腿被什么东西压着，竟有些麻木了。冰沁和芷汀断不会如此不知避忌，他正有些疑惑，余光所到处隐约现出了一块绿色的衣角。昨夜的情形瞬间在脑中铺开，想来这毫不把自己当外人，压着他的腿呼呼大睡的必是阿筝无疑了。

他想要叫醒她，转念却想到她大概也照顾了自己一宿，现下定是累了，便又有些不忍。骄傲惯了的小公子此时只能望着天花板干瞪着眼，心中早已把冰沁和芷汀车轱辘般抱怨了一万遍——怎么还不过来?

所幸阿筝很快便揉着眼睛醒来，她见岳泠澜这副神情，不由得笑道："哟，醒了还不说话，在偷窥本姑娘啊？"

岳泠澜微皱了眉："你为什么会在我房里？"

阿筝气鼓鼓道："还好意思说呢，我好歹也是客，你自己醉了倒头就睡，连间客房都不给我，我只能睡这儿了啊。"

岳泠澜表示怀疑："我不信冰沁和芷汀她们不给你安排。"

阿筝的眼神游离起来。

岳泠澜坐起身："她们人呢？"

阿筝心虚地指指窗外。

岳泠澜看着窗外两个一动不动的人影，扶住了额："解开。"

阿筝"哦"了一声，隔空一指，解开了冰沁和芷汀的穴道，又恐吓道："你俩走开，我有话跟你们少主说，不给别人听的，要是呜里哇啦地吵，我就再一指头！”

两个可怜的姑娘被吓了一跳，眼见她们的公子也是一副无所谓的样子，只得委委屈屈地揉着酸疼的腿离开。

阿筝对岳泠澜的表现十分满意：“怎么今天这么听话？任由我欺负你的侍女？”

岳泠澜眸中波澜不惊：“你有话要说，我也有话要问，她们不知，反倒安全。”

阿筝哼了一声：“你想问我什么？”

岳泠澜懒懒道：“两个问题，第一，为什么我觉得背有些疼？”

阿筝大笑:“我摔的！谁叫你也摔过我？本姑娘睚眦必报,你活该！”

“第二，”岳泠澜耸耸肩，“昨夜为什么不自己去睡，跑来我房里？”

阿筝眨了眨眼睛说不出话，想笑又终于没有笑，她跳上榻，俯下身子靠了过来：“这还不明显吗？月生君，奴家看上你了啊！唉，我这一晚上腰酸背疼的，可得好好休息休息了……”

岳泠澜毫不客气地掀了被子，阿筝被甩到地上，刚想骂人，却见他悠悠道：“我不介意送你上路，你可以一直休息。”

“算你狠！”阿筝从地上爬了起来，“你为什么不问我想跟你说什么？”

“我急什么，你又藏不住话。”岳泠澜发现自己挺喜欢看她跳脚的。

阿筝被堵得难受，没好气地道：“我可是长离宫的人，宫主十分信任我，我长得美，武功又好，我可是很厉害的！”

岳泠澜冷眼看她：“我知道。”

“我来你们慕颜洲，是有目的的，是为了替我们宫主办事！”

“我知道。”

“我说不定会与你们为敌！”

“我知道。”

“你……”阿筝哼了一声，“你都无所谓是吧？那我告诉你，我是来取你们的镇派之宝——不思珉的！”

岳泠澜依旧慵懒地斜靠在软榻上："取？我看是偷。"

阿筝满不在乎："好，那便是偷吧。我就是要偷你们慕颜洲的宝贝，怎么样？"

"不怎么样，"岳泠澜眼皮都懒得抬一下，"反正你又偷不到。"

阿筝气得张牙舞爪，岳泠澜淡淡道："行了，别耍嘴皮子了，我大概也能猜到长离定是和我慕颜有合作，只是没想到是为了不思珉。"

"你还真是很聪明，"阿筝噘嘴，"好像什么都知道什么都能一眼看透似的，没劲。"

"也不是什么都知道，"岳泠澜目光冷厉，"我就不知，长离几时出了你这号人物，连姓名都从未听闻，倒比冷折鸢还要神秘些。"

阿筝眼睛一亮："你想知道我的真名？"

岳泠澜没有回答。

阿筝已兀自说了下去："你听好了，我真名叫卿愿，卿本佳人的'卿'，得偿所愿的'愿'。"

"你该叫卿贼。"

阿筝呆了一瞬。

岳泠澜好心地解释道："卿本佳人，奈何做贼。"

阿筝抱头道："你一次不怼我会死？要不是我，你现在说不定早做了水鬼了，有没有良心啊？"

岳泠澜本不厌她，此刻语气便缓和了许多："谢了。"

阿筝剜他一眼："我都知道了，你从前跟你那个月亮的事。"

岳泠澜不作声，往上拉了拉被子。

阿筝脑子一热，不知怎的便道："其实，你如果真的很想她，我不介意你把我当成她啊。"

"我介意。"岳泠澜轻声道。

阿筝也不恼："可按照你初见我时的反应，我该是和她有几分相像的……"

岳泠澜看着阿筝，见她青丝如墨，眉眼含春，发间还别着许多精致的花簪，摇头道："她没你这么会打扮。"

阿筝想起了那根离睢的翠翘："你这么一说，你捡到的那根翠翘倒真是挺一般的，一点儿也不精细。"

"我也觉得我做得不好，"岳泠澜低声道，"但她还是天天戴着。"

原来那是他亲手做的。

他看着她，目光沉沉，带着难得的温暖，阿筝却有些吃味。

他分明是在透过她看着另外一个人。

气氛蓦地有些奇怪。

阿筝正胡思乱想，芷汀却慌慌张张地冲了进来，嚷道："公子，洲主让您赶快过去呢，看拂衣姐姐的样子挺急的，怕出了什么事儿！"

岳泠澜微不可闻地冷哼一声。

他赶到源依殿时，观音正闭目躺在榻上，拂衣一面替她冰敷，一面道："公子，你姑姑方才烧得厉害，汐姑娘又不在，我实在担心，便自作主张找你过来，你可千万莫怪啊！"

观音闻言起身，她瞪了拂衣一眼，细致地替岳泠澜理了理领口，温柔道："昨夜没睡好？怎么有些憔悴？"

岳泠澜在榻侧坐下："姑姑现在可觉得好些？"

观音点点头，握住了他的手："姑姑老了，身体也大不如前，不像你们年轻人，青春正盛的。这几天，我每晚都做梦，梦见你小时候，三天两头的生病，我就整宿整宿地照顾你，都不敢合眼……"

"姑姑，"岳泠澜抬眸看她，"您的养育之恩，泠澜没齿不忘。"

观音抚着他的手背："可是为着当年离睢的事，你还在恨我。"

岳泠澜的手背僵了一瞬。

观音又道："泠儿，现下有一件最要紧的事情，你愿意帮我去做吗？"

"是找不思珉吗？"

观音似笑非笑："那个阿筝都告诉你了？确实，前些日子，冷折鸢递来书信，说想与我们合作，长离宫会倾力相助我们找到不思珉，届时再商讨它的归属。当今江湖，慕颜洲得尽天时，长离宫享地利，一粟海承人和，我找了不思珉那么多年，始终没有结果，就想着借助长离之力也未尝不可。”

“可姑姑有没有想过，一旦找到不思珉，这所谓的归属该如何商讨？届时免不了一场恶斗。”

“那又如何？”观音的目光在岳泠澜脸上一寸寸掠过，“等捕到了鱼，还留着鱼筌做什么？闯荡江湖这么多年，又不是没杀过人，难道你还舍不得那个长离宫的丫头吗？”

岳泠澜不置可否，抽回手道：“姑姑说这事要紧，想必已有了不思珉的下落。”

“你可还记得萱城？那儿有个绕城湖，湖中有一座高楼，四面都是萱花，算得上是萱城的标志了，很是惹眼。”观音柔声道。

“记得，寒潭就在萱城，七年前，我去过。”岳泠澜回忆起了什么，眸色也变得柔和起来。

观音默了会儿，笑道：“据我所知，不思珉应该是在萱城无疑了，至于具体位置，还得靠你去寻。”

“泠澜明白。”

“除了找不思珉，到了萱城，你也尽快找到汐回，让她回来，我这儿还有事要她去办。至于那个叫阿筝的，那是冷折鸢派来协助你的，和萧渺也接洽过，你此去大可放心地用她。”观音观察着岳泠澜的神色变化，继续道，“夜明生和云岁成那两个小子，祖籍就在萱城，想必对萱城熟悉，你也一并带去。他二人祖上，与不思珉有着千丝万缕的联系，或许你还能找到些线索。”

见岳泠澜不出声，观音笑意愈深：“你这孩子，自小吃不得半点儿苦，这次出去身边总得有个细心的人伺候。我看，就暮雨吧。”

听到“暮雨”二字，岳泠澜果然动了动，他低头看着地面：“泠澜有两个问题。”

“你说。”

“我自是知晓不思珉是我派宝物，可姑姑从未提起它究竟是什么，有何用处。”

“它外表不过是块普通的玉石，上面倒是载了我派的无上心法。”

岳泠澜微微侧身，看向观音：“好，泠澜的第二个问题便是，当今江湖，各派自有一派功法，互不干涉，长离为何想要得到我慕颜的心法？况且长离喜好研究奇门毒术，素来和慕颜井水不犯河水，再者——”，他的目光十分沉静，似早已知道答案，“姑姑自己便是慕颜第一代创始人，慕颜的功夫本就是博采各家之长再加以创新，又何来无上心法？”

观音的脸色霎时变得不大好看。

岳泠澜并不在意她是否回答，他起身对观音拜了一拜：“姑姑，但凡是您吩咐的事，泠澜自当遵从。其实，您大可不必如此。”

不必佯装生病，更不必安排暮雨做眼线或加以要挟，养育之恩，没齿难忘，哪怕，从始至终，我都不被信任。

言罢，他便径自走了出去。

此刻，暮雨已等在殿外，她遥遥望着殿门打开，见岳泠澜秀逸挺拔的身形渐渐近了，不禁一阵恍惚。她许久未见过阳光了，可眼前这个人为什么总是比这世间的一切光芒都要耀眼呢。

岳泠澜瞥了暮雨一眼：“把手伸出来。”

暮雨的脸上原本便笼着病态的红晕，如今这红晕因为欣喜更明显了几分，她听话地伸出手，岳泠澜轻轻一探脉，心下了然。

她被植了新的毒，只有慕颜洲的活水作引才可解，须一月服一次药，三月为期，否则先时虽不致命，却会牵扯得周身经脉都奇痛难当，三月后必死无疑。观音此举真是煞费苦心。

他并未开口，暮雨却低头道：“公子您不必烦心，洲主确实让我汇报您的一举一动，但暮雨只效忠您一个人，这三个月，便是疼死，也绝不出卖公子。”

“傻丫头，”岳泠澜握了握她的肩膀，“何必受这样的苦，你按时回洲服药，便是让姑姑知道我的行踪，她又能如何？”

他顿了顿，眼中一片清明：“我要找小玉钩，天下皆知。”

暮雨点头称是，岳泠澜抬眼扫了扫路边的花树，道：“回枕菡榭去吧，芷汀她们见了你必然欢喜。收拾好行装，明日启程。”

见暮雨走远了，岳泠澜轻咳一声，折扇悠悠飞出，飞回时已割落了数片枫叶，与此同时，阿筝噘着嘴轻飘飘地落了下来。

岳泠澜十分嫌弃地数落道：“偷听也不找个好地方，穿得跟个蚂蚱似的还往红叶子里钻，生怕我瞧不出吗？”

阿筝气得举起了拳头：“我是担心你才跟过来看看的，好心没好报！”

她往源依殿的方向看了看，又道：“你姑姑是不是跟你说了要去找不思珉的事儿？”

“说了。”

“那太好了，”她兴奋起来，“明天就走对不对？”

“我有说要带上你？”

阿筝愣了愣，待捕捉到他脸上的一丝玩味，才意识到自己又被捉弄了，她从鼻孔里“哼”了一声，又问道：“刚才那女的是谁？”

“暮雨，我的侍女。”

阿筝不自觉地搭上岳泠澜的肩膀：“那为什么我之前没在枕菡榭见过她？”

岳泠澜扒拉下她的爪子：“这与你无关。”

“可看样子她也要跟我们一块儿去找不思珉，那就是和我有关啊！她一个侍女，顶什么用，干吗要带她？”

“这是姑姑的意思。”

“如果不带她，观音会把她弄死？”阿筝到底聪慧，她见岳泠澜不作声，便知自己猜对了，“月生君，我还真是不懂你了，原先看你为人冷清，除了你的小玉钩什么都不放在心上，现下不过一个小小的婢子，死便死了，你何苦因此受人挟制？”

“人活一世，不仅有情，还当有义，”岳泠澜难得地正色道，“你不懂？”

阿筝一怔，“扑哧”笑开：“我确实不懂。”

是夜，慕颜洲春来初雨，大珠小珠的碎雨声衬得夜越发寂静。眼见暮雨一声不吭地埋头收拾，芷汀和冰沁不由得面面相觑，欲言又止。

想起暮雨疏离客气的问好，还有自己甫一见到她时那个落空的拥抱，芷汀怅然若失：“冰姐姐，我心里堵得慌。你看暮雨，本就怯弱，如今更是没有一丝活气性。”

“呸，快别胡说了。”冰沁忙掩了芷汀的口，拉了她至外屋，才道，“回来不就好了吗？公子此次出洲，若再能寻了涧花回来，你我姐妹可就真能团聚了。”

芷汀方欲点头，阿筝却不知从哪儿冒了出来，嘀咕道：“涧花又是哪个？”芷汀被吓了一跳，逗她道：“昨晚在湖边，我本来想告诉你的，是你自己说不感兴趣的。”阿筝耷拉着脑袋，不停地央着她说。

另一头，夜明生正把行李一件件地往云岁成身上丢，冰沁见云岁成已气喘吁吁，夜明生倒是衔着根草，一脸悠闲，便劝道：“你也别太过分，他是你的同伴，又不是奴仆，好歹也得分担些。”

谁知未等夜明生开口，云岁成便抢先道：“不要紧的，冰姑娘，我习惯了。”冰沁张了张嘴，一时不知该说什么，一旁的芷汀和阿筝看不过眼，齐齐过来对着夜明生就是一顿暴捶，几个人乱成一团，这场面倒是枕菡榭许久不曾有的热闹。

岳泠澜枕着月生楼的窗台，闭目养神。枕菡榭的细碎声音传了过来，他没有动。于他而言，没有那个人的枕菡榭，再热闹，都和他没什么相干。

此去萱城，不过千里。

这一路，岳泠澜虽仍寡言少语，但有阿筝和夜明生两个活宝叽叽喳喳个不停，倒也着实给这行程添了不少生气。一行人是在七日后到达萱城的，夜明生咬着桂花糕，含含糊糊地说："没承想在慕颜洲待的时间不长，这一回老家，竟然觉得陌生了许多……"云岁成拖着行李应道："都说地狱炼人，仙境又何尝不是呢？"

暮雨环顾四周，见萱城烟柳画桥，人群熙攘，很是繁华，便轻声对岳泠澜道："要是雪语在就好了。"

阿筝本走在前头，东逛逛西看看，显然对萱城的风土十分满意，此时耳朵里却飘进了暮雨的话，她不知怎的就生了股又酸又热的暗气，闷闷地问道："雪语？又是你哪个红颜知己啊？"

岳泠澜旋开折扇挡光，半明半暗间，一张脸越发清逸，他开了口，却是回答暮雨："雪语素来见不惯不速之客，不在也好。"

"不速之客？当初我们可是说好的，一起合作，你情我愿，本不是谁欠了谁……"阿筝不依不饶，还想问个究竟，却见岳泠澜似笑非笑地示意自己往旁边看，这才发现满大街男女老少都对着这里指指点点。

阿筝低头看了看自己的装束，绿衣半敞清香幽然，配上她那张到哪里都颠倒众生的脸，也难怪那些男人垂涎三尺了。正得意着，她又突然想起，那群女人分明是对岳泠澜有非分之想，便生气起来，顺手掏出一支碧中带褐的短箫便往人群中四下乱指："看吧看吧，姑奶奶这就把你们的眼珠子挖出来，尽管看，反正也是最后一眼了！"

"啧啧啧，凶什么凶……"人群一阵骚动后退了几步，却仍然没有散去。

阿筝气恼极了，刚想发作，却听暮雨又问岳泠澜道："公子，那我们该如何找月姑娘？"

"带足银子，先去官府，查近几年萱城的户籍，再去茶馆酒肆坐坐，听听闲话。"

阿筝冷哼一声，幽幽道："我当是为谁，原又是为她。我早该料到的，我们的任务再急再重，都不能和她比！"

岳泠澜面色如雪，寒声道："你若再拿小玉钩说一个字，我就让你一辈子都再也说不出一个字，你若不信，大可试试。"

阿筝惊了惊，知道他是真动了怒，只得硬着头皮挤出个讪讪的笑，干巴巴地说了一堆转移话题的话。

她想提提岳泠澜的兴致，无奈他总是一副抵死不开口的神情，便觉得自己自说自话着实无趣，正琢磨着该如何收场，脚下却绊住了什么软绵绵的东西，整个人毫无防备地跌进了一个怀抱——软玉温香，入骨暖意。

"这位姐姐，走路可得留点儿神。眼前的锢得太紧，连身后的都一并丢了，可就是得不偿失了。"媚而不娇，柔而不懦，一听便是个特别的女子。

站稳后，阿筝抬眼望去，眼前这女子，一袭简单的紫蓝色长裙，发间寥寥几朵珠花，竟让人平白地觉得华丽。

"姑娘说得好没道理，若真曾经得到过，即便失去了，也算不得可惜，不过是自作自受。怕只怕从未得到，连失去的资格也没有呢。"阿筝冷笑道。

那女子不再说话，柔柔地看了阿筝一眼，向身后两个蓝衣小娥递了个眼色，三个人便擦着阿筝离去。

阿筝似有几分不满足，歪着脑袋走了几步，忽地大惊失色，转身便向那已走到石桥前的女子奔去。岳泠澜伸手想拉住阿筝裙边，无奈她用力太猛速度太快，那裙角一眨眼便从他的指尖游过。

岳泠澜见阿筝脚尖未点地，只稍稍翻了个身，那支短箫便卡在那女子脖上，用力不深不浅，只要阿筝愿意，便是夺命的力道。

"拿来！"阿筝喝道。

第五章 有女颜似伊

“姐姐想要什么？”那女子被卡着脖子，声音嘶哑了些，却依然很是从容。

“我的令牌，需要我撕了你的衣服让你亲眼见到吗？”阿筝正欲用力，短箫却被岳泠澜轻轻拨开，只见他微微摇头，折扇撩起阿筝腰后的一角绿纱，慕颜洲的青璃令赫然在目。那是观音在生日宴后赠予她的，一年内可以凭此令在慕颜洲畅通无阻，此行若有异变，她可越过岳泠澜直接告知观音。

“你既先偷了再放回去，我便先杀了你再和你说对不起！”阿筝又举起短箫，那女子却安然道：“姐姐这般冤枉人，也忒让人心寒。你我不过初相识，我一早便提醒你要走路留神，分明是你将牌子系在身后却忘了，怎么反倒将这糊涂账往我身上扣？”

“就是啊，我们小姐是大家闺秀，怎会干这种勾当？你若再胡搅蛮缠，咱们一并到官府去！”一小娥道。

“我管你是什么东西，打一架再说！”阿筝刚要出手，那短箫却被岳泠澜一扇子打回，他虽只用了一成力，阿筝却很是不忿，嚷道：“你什么意思？你没看到她偷我的令牌？”

岳泠澜略一挑眉：“我确实不曾看见。”

阿筝气得不行，又问身后那几个跟班的是否瞧见那女子偷东西，暮雨和云岁成老老实实地摇头，夜明生笑嘻嘻地想上前劝她，却被她一眼瞪了回去。

“我这朋友不懂事，难为姑娘了。”

“公子言重了，不过一场误会。”那女子低眉垂睫，咬字软糯。

阿筝实在听不惯，一抡袖子，走到一个石礅前坐下。

岳泠澜用余光瞥了阿筝一眼，继续问那女子：“姑娘贵姓？”

“敝姓唐，小字似漪，家就在这萱城忘忧街上。”

“只是问你姓什么，就这么着急忙慌地自报家门哦。”阿筝在一旁冷嘲热讽。

“唐姑娘，”岳泠澜向唐似漪微一颔首，“可否伸出你的手让在下看看？”

唐似漪有些困惑，但还是依言伸出一双手，岳泠澜扫了一眼，对早已跳起来的阿筝道：“青璃令上有夜光粉，唐姑娘手上十分干净，她的确未曾碰过你的令。”

阿筝嘟囔道：“夜光粉？我怎么没发现啊……”

唐似漪不言语，只是对着岳泠澜微微莞尔，她稍稍抬手，一蓝衣小娥便撑起了把高伞，另一小娥搀着她，三个人就着那石桥袅娜而下。

“装什么大家闺秀……”阿筝往前走了几步，却见岳泠澜一动不动，目光还似乎追着唐似漪离去的方向，讥笑道：“我们公子这是瞧上她了？要不要我去把她给追回来？”

岳泠澜并不睬她，那唐似漪尽管素未谋面，举手投足却隐隐透着熟悉，还有，她身上那股香味儿……

阿筝见他竟不反驳，“喂”了一声，恼道：“不会真给我说中了吧？你没事吧，就她那姿色，别说跟本姑娘比，跟汐回比都嫌寒碜！我看她就不是什么好东西！说话阴阳怪气的，身上还有一股子叫人打喷嚏的劣质香料味儿……”

“你也闻到了？”岳泠澜回头看她。

阿筝一对上他一双风神清远的紫眸，便不自觉地低头扯起了裙摆：“是……是啊……”

“那可不是什么劣质香料。”

“什么？”

岳泠澜不再答她，方才这一段插曲中，暮雨已订好了客栈，这些天没日没夜地赶路，阿筝不累，他可累得慌。

然而阿筝并没有让他省心。

日暮时分，他刚歇下，便听见阿筝和小二在他房门口窸窸窣窣地说些什么，他本不想理，那声音却越来越大。

也不知为什么非要在他的房前吵，真是扰人清梦。

突然，他听见阿筝一声“我还没找她麻烦，她倒自己找上门来了”，紧接着便是她风风火火的下楼声。他意识到了什么，便起身开门，却见那小二苦着张脸站在门口，手上哆哆嗦嗦地揣了封已被拆开的信。

果不其然，那信是唐似漪派人送来的，信上指名要他一个人到城郊一座茶楼去，说有故人相邀，更奇的是，信上明明白白地唤他“岳公子”。

这个唐似漪为何会知道他的姓氏？

故人，又是哪门子的故人？

阿筝问他，为何她没有发现青璃令上的夜光粉，她当然不会发现，因为根本就没有什么夜光粉。他让唐似漪伸出那双手，只是为了熄灭心头疑窦，看看那丝没来由的熟悉感，是否是真的没有缘由。

可她一伸出手，他心头疑虑更甚。她的手上满是老茧。一个大家闺秀，理应十指不沾阳春水的。还有，她身上那股香味儿，他很清楚那是什么。

他的确没有看见唐似漪偷令牌，但她的身上有太多的疑点，绝不简单。

阿筝的武功自是不必说，但若是在心计上给唐似漪钻了空子却不大好，毕竟她还是要帮着找不思珉的。这样想着，岳泠澜便按信上所言，往城郊赶去。

他很快便找到了那座茶楼，紫藤萝花架的包围下，茶香随着花香缓缓飘荡。或许是因着地处偏僻，这茶社来客寥寥，映衬得座中那个温婉的女子分外显眼。

岳泠澜远远一瞥，微微一怔。

倒真是个故人。

甚是娇媚的一张脸，和六年前没什么不同。

一眼就能认出来啊，涧花。

对岳泠澜来说，涧花和其他三个侍女从来都是不同的。她进枕菡榭，是因为离雎，她在枕菡榭站稳脚跟，却全凭她自己。

她一直都很聪明，聪明到即便是在她出事的那一刻，岳泠澜依然无法想象，凭她的本事和城府，怎么会栽这样拙劣的跟头？

她当年之所以被驱逐出洲，据说是因为剪坏了观音让冰沁修补的羽衫，那件羽衫不很华丽，观音却很珍惜。

在岳泠澜的印象中，观音极少外露她的愤怒，可那一次，她直接下了死令。按萧渺的说法，涧花被赶出慕颜洲继而处死，观音似乎信了，大概因为涧花到底是个婢子，不值得她多费心，岳泠澜却始终觉得，涧花未死。

从前，离雎哪怕不在他身边，但凡她受了半点儿病痛，他在远处依然会觉得凭空一阵心悸。这些年，他看不到她，触不到她，只能一次次搜肠刮肚地想着，她该长大了吧，过得好不好，开不开心，他没有一刻放弃过寻找她。他身边的其他女子虽不能和她相提并论，但只要是和他有些牵扯的，一旦遇到变故，他总能想象出她们凄惨的境遇。

唯有涧花，他想象不出来。

在她离开慕颜洲后，一把缠着羽衫碎片的剪子从暮雨的房中搜出，事态陡转，都说是暮雨剪坏了羽衫再嫁祸给涧花，就因为这件事，暮雨被观音折磨了整整六年。

不知不觉，岳泠澜已走到涧花面前，却见她抬起一双小鹿般带了丝惊惶的眼睛，轻声道：“公子？”

“涧花。”他点点头。不知道为什么，眼前这个人明明就是涧花，岳泠澜却莫名地觉得有些生疏，想是太久未见的缘故吧。

涧花的模样看起来也不是很自在，她似乎有些焦急地朝紫藤萝的另一头张望着，直到唐似漪捂着阿筝的嘴从阴影处走出，她才放松下来。

“哎呀你放开！”阿筝咬牙切齿，“我不过是想看看你耍什么花样，谁让你动手动脚的？要不是怕吵着这位……涧花？你就是涧花吧？”阿筝跑上前，拉了涧花便喊：“真是个美人儿，某些装腔作势的小贼可比不了！”

“何必这样说自己？”岳泠澜搭茬。

阿筝瞪他一眼，这厢涧花已费力挣开她道：“公子，当年我挨了杖刑，被丢出慕颜洲时眼见便不行了，萧渺便由了我自生自灭，幸好后来唐姑娘路过救了我。”

唐似漪本在一旁掩着嘴笑，听到这儿便接道：“我与许姑娘相交颇深，承蒙她信任，知晓了许多她在慕颜洲时的往事，也知她日夜挂念岳公子，盼着能再见到您。今日怪我多嘴，跟她说我撞见了一个再好看不过的公子，还见到了一块很是特别的令牌，她心中存疑，又只想见您一个人，我这才帮着找到了您歇脚的客栈，递了信，约在这僻静的地方，不想这位姐姐却误会了。”

阿筝不讨好地冷笑：“许姑娘？又是哪个？”

涧花忙道：“是唐姑娘帮我找到的家人，涧花原本姓许，母亲说，原本取的名字，叫锦诺。公子若是愿意，以后也可以这般唤我。”

“这倒是奇了，”岳泠澜提扇拍了拍前额，“涧花，我记得你是江流儿，要找到家人并不容易。”

涧花低头抿唇，双手紧紧交握，唐似漪笑道：“只要有心找，就不难，不过许姑娘，我倒觉得涧花这名字甚好呢。”

岳泠澜默了默，只觉唐似漪的笑容仿佛带着些许苦涩。

涧花抬起头，央道：“公子，涧花虽已出洲，但一日是您的侍女，终身都是。我虽不知您为何会来萱城，但您在萱城这些天，可否容我在您身边侍候？”

又要多一个女的？

阿筝舔舔唇，心想岳泠澜貌似很专一，再说找不思珉的事儿算是个机密，人多了不好，他应该不会同意的，谁料他却很痛快地应道：“怎么不行？”

阿筝刚想爆炸，却听见一声藏着焦急的“小七”，前方不知何时冒出个清瘦的男子，他穿了件玄色长衫，并不算十分俊美，却很是英朗。

他见到涧花后眼睛一亮，不由分说便将她搂进怀里，柔声道：“小七，怎么到这里来了？再出事怎么办……”

唐似漪眉心微蹙，涧花有些猝不及防，她轻轻推开那男子，对岳泠澜解释道：“公子，他叫楚玄堇，是我的……我的……”

眼见她“我”了半天都没说出句囫囵的话来，楚玄堇敛了方才被她推拒时的不快，笑道：“想必您就是岳公子，久仰大名。锦诺是我的人。我在家中排行老六，再无弟妹。认识锦诺之后，就打算把她当七妹来疼爱，如今虽早已不是什么兄妹情分，‘小七’这称呼，想改也倒改不了了。”

岳泠澜冷眼瞧着涧花拉着楚玄堇的衣袂，道：“看来你们认识许久了。”

“也没有太久吧？”唐似漪笑着接道，“也就是你离了慕颜洲之后才认识楚公子的，是吧，涧花？”

涧花讷讷地应着。

岳泠澜又道：“涧花，你现在既有母亲，又有了这位楚公子，还要留在我身边吗？”

涧花怔了怔，瞥见唐似漪看了她一眼，忙连声应道：“既然今日有幸和您重逢，我自然是要继续侍候您的……”说罢，她求救似的望向了楚玄堇。

楚玄堇眸色一黯，随即接道：“便请公子允了她吧，她和您的主仆情分，我理解的。”

“如你所愿。”岳泠澜看着涧花，温声道。

众人是何时回到客栈的，岳泠澜已记不大清了，只记得连他共八个人，将屋子挤得满满当当的，费了好大的劲才把各自介绍清楚了。

岳泠澜进门时，暮雨正忙着添置茶水，她秀美的眸子在见到涧花的时候闪了闪，手中的杯子也微微荡了荡，最后，还是稳稳地落在桌面上。

她分明有些疑惑，目光在唐似漪和涧花身上转了一个来回，二话不说，冲着涧花便是一跪一拜。唐似漪抖了抖，涧花也抖了抖。

只见暮雨紧闭着眼睛，低头想了许久，又忽地睁开，爬上前抓起涧花的双手道：“姐姐，能饶了我吗？”

涧花显然是吓坏了，结结巴巴地抹下暮雨的手道：“你……你说什么……你……你起来。”

暮雨又向前挪了一步，手终是没有再伸出去，目光却仍是定定地揪着涧花不放：“姐姐，能饶了我吗？”

岳泠澜皱眉不语，只见暮雨哀哀地重复着同一句话：“姐姐，能饶了我吗？”

涧花轻轻叹了口气道：“你何必如此，这么多年了，即便你做了滔天的错事，我又怎会这般记着？”

暮雨拧着眉看她，没有再说什么，她站了起来，继续做未了的事。

唐似漪在她身后笑道：“暮雨姑娘，你怕是还不知道吧？你姐姐本姓许，叫锦诺。名姓都变了，她还有什么放不下的？依我看，你们该趁着这工夫好好聚聚才是。我看这客栈好生清幽，倒真是个适合故人重聚的地方。”

暮雨闻言顿了顿，没有回头看她。

夜明生摸摸鼻子，拍了拍身边的云岁成道：“喂，这什么情况？”见云岁成许久没有反应，还好像往后退了退，夜明生便有几分不耐，“喂，还活着没有啊？”

“你说呢？”

“嗨，我说……”夜明生刚想发作，又突然发现这声音清冷得紧，这才发现自己身边站着的竟是岳泠澜，云岁成早在不知什么时候跑到唐似漪身边，热心地向她介绍这客栈的风水布局了。

夜明生头皮一紧，一时又想不出什么好办法，只得硬答道：“公子……自然是千秋……”岳泠澜将他的爪子从胸前挪开：“千秋……那是王八。”

夜明生瞠目结舌之际，岳泠澜又问云岁成道：“你在比画什么？”

云岁成温润一笑：“唐姑娘似乎对这客栈很感兴趣，所以我……”

“所以你手舞足蹈以慰知音……”阿筝坐在镜前理着自己的妆容，“其实我觉得，待在客栈，人多眼杂，终归不好。倒不如我们换个清静的去处，办起正事儿来也方便些。”

唐似漪道：“公子若不嫌弃，我家中倒是有几处僻静的宅邸，不曾安置奴仆，绝不会有人打扰的。”

岳泠澜把正抿着口脂的阿筝提了起来：“不必麻烦，若真想办起正事儿来方便，哪里又比你们家方便？”“我们？”夜云二人见岳泠澜分明望向自己，不由得大眼瞪小眼。

这头暮雨已认真道：“你俩放心，我们有钱的。”

夜明生捂住了脸。

是，他和云楂虽然常年住在若清，但萱城毕竟是祖籍，他们两家的老头还真在这儿有窝，还是一处两家合建合住的宅院，地儿又偏，的确是再合适不过了。

可岳泠澜怎么就能这么肯定他们在这儿有住处呢？可能平日里他和云楂太要好了，也可能他夜少爷即便落魄了还是一副纨绔子弟的样儿，用脚指头想想就能知道他在老家一定有房子……无论如何，有一点是肯定的，岳泠澜的脑子有问题。

黄昏时，众人随着夜云二人叩开了一处小筑的大门，这里远离繁华的街市，周围山水依依，少有人烟。

站在院中，阿筝喜道："你们家可真是有钱，这么大的地方，这么美的山水，全给你们老子贪了。"

"你别胡说，我们爹娘都是正经人！"夜明生头一次用正经的语气辩驳，倒把阿筝吓了一跳。

阿筝连连道歉："对不住对不住，我只是想着，你们既然有如此隐蔽的住处，当日家里出事，为什么不来此避难？"

"爹爹和夜伯是何等正直刚烈之人，不屑躲躲藏藏，他们总以为能和圣上解释清楚，谁知会到这般境地。"云岁成有些黯然，"我给大家安排房间，请随我来。"

岳泠澜示意暮雨跟上，自己则在院中坐下，阿筝也轻手轻脚地走近道："那个唐似漪虽然识相没跟来，但你的丫鬟，还有你丫鬟的相好，都要跟着我们？"

"看样子是的。"

阿筝"啧"了一声，也坐下道："你不觉得那个涧花有些古怪吗？她好像很听唐似漪的话。"

岳泠澜静静地看着院中那片半亩大的莲塘，虽是春日里，莲花已是星星点点了。他轻声道："无妨。"

"无妨？"阿筝几乎要跳起来了。

"阿筝。"

"……嗯？"这是岳泠澜第一次喊她的名字，虽然他依旧是淡淡的，并没有掺杂什么特殊的情感，她却已经软了下来。

"我有些事想问问你。"

"……你说嘛。"阿筝突然有些脸红。

"不思珉虽是慕颜洲的东西，但知道的人寥寥无几，你们长离的人又是怎么知道的？"

"当然是因为有眼线了。"阿筝倒是很坦诚。

"那你可知冷折鸢为何要取不思珉，它又究竟有何用处？"岳泠澜凝视着她，眸光清透。

阿筝笑了："你太抬举我了，我不过是长离宫的一名普通门人，只知道奉命行事，宫主又怎会把这些机要之事告诉我呢？"

她见岳泠澜没说什么，便又道："我也有事想问你。我们已经到萱城了，可有想过怎么才能找到不思珉？萱城到底是陪都，天大地大的，我们又没有其他任何线索，这大海捞针的，该怎么找啊？"

岳泠澜摇摇头。

"哎，你好端端的摇什么头啊？"

"我本来还以为你很聪明。"

阿筝刚要发飙，岳泠澜提扇挡住她的拳头："我问你，为什么说不思珉是慕颜洲的。"

"废话，当然是因为它肯定是你们慕颜洲哪个门人的东西咯。"阿筝没好气地说。

"那怎样的门人才会有镇派之宝呢？"

"那当然是……"阿筝呆住了，"绕了这么一大圈，难道是你姑姑的？"

"……"

岳泠澜有些无奈："如果是我姑姑的，她会不知道在哪儿？还用得着你们长离宫的插一脚？"

"哦，好像是啊。"阿筝有点儿不好意思，"你就别卖关子了，快说快说！"

"拥有不思珉的人，一定是慕颜洲地位极高的人，至少曾经是，所以此人和姑姑还有我都有密切的关系。"

"你姑姑是慕颜洲的创始人，那个人既然在慕颜洲这么有分量，自然和你姑姑有关，这不难理解，可他和你又会有什么关系？"

"我姓什么？"

"岳啊！"

“我姑姑姓什么？”

“我知道羽衫观音的真名，是个极秀气极好听的名字！她叫莫青璃，姓莫，对不？”阿筝说到此处，恍然惊觉，“你的意思是，你和她没什么血缘关系，却是慕颜洲的少主，地位如此之高，其中必有渊源！所以，这个拥有不思珉的人，和你姑姑有关系，和你也有关系！”

她越说越兴奋：“会不会是你爹啊？那他要是你爹，又和你姑姑这么要好，你姑姑该不会就是你亲娘吧！”

岳泠澜冷冷地看她一眼。

她忙堵住嘴，好半天才道：“这些你都是怎么想到的呀？”

“猜的。”

“厉害！”阿筝竖起了大拇指，“那你的意思是，我们要找到这个人吗？”

“不，这个人我从未见过，很可能已经不在人世，我们要找的，是痕迹。”

“说得再具体点儿？”

“慕颜洲的水土和别处大有不同，久而久之，在慕颜洲住惯了的人，体质和习性都会慢慢改变。我们运功、打斗、疗伤，甚至走路，都有自己特定的手法和步法，也会在接触物上留下我们自己的痕迹。”

“这不稀奇啊，各门各派都有自己的武功路数，施展时自然会有不同的显现，不是也有很多人故意伪装别派的杀招嫁祸他人吗？”

“这不一样，别派是受招式影响，我们慕颜门人是受水土影响，身体已从内里发生了改变。许多其他人肉眼不可见的痕迹，我们可以见到，造诣越深的，越能发现。打个比方，”岳泠澜指指大门，“你看见了什么？”

阿筝狐疑地循着他所指的方向望去：“就两个门环啊，有什么特别的吗？”

“左边那个门环，上面笼了一层光晕，因为方才我进门时触碰过它，这就是我留下的痕迹。”

“这也太神了吧？我什么都看不到啊！”阿筝杏眼微张。

“一般人自然看不出。”岳泠澜随时随地不忘打击她。

阿筝白他一眼：“我明白了，慕颜洲的人，连触碰都会留下痕迹，所以我们只要在萱城找到慕颜门人留下的所有痕迹，再逐个排查，只要不思珉确实是藏在这儿，就一定能找到！”

岳泠澜点头：“出洲前，我曾查过洲中门人二十年来的行踪，姑姑似乎对萱城很是避忌，极少派遣门人来萱城行动，现在查起来并不会有太多干扰判断的痕迹。”

“可是，我还是有一点不明白，”阿筝托着腮靠近岳泠澜，“既然你已经想得这么周全，这痕迹又只有你能看见，那你一个人就够了啊，还要我做什么？”

岳泠澜开了扇子隔开她的脸：“我忘了说，这些痕迹只能维持短暂的时间，时间一长，它们虽未消失，却没入接触物中，随之老去，便是我也瞧不出了。”

“所以，即便现在藏着不思珉的地儿就在你眼前，你也看不出来了？”

“正是。”

“那说了半天，你前面那一大堆没用的都是寻我开心的啊？”

“我听说，长离有一种秘法，在一块土地的圆心处施展，方圆百里的土地都会在短时间内呈现出全新的土质。萱城虽是陪都，但并不辽阔，用不着施展许多次的。”岳泠澜偏头看她，“所以，你的用处大得很。”

“月生君你真是好聪明！”阿筝的眼中直冒星星，“这样一来，那些慕颜洲的人走过碰过的痕迹就也都会是新的，你也就能看出来了！可即便按我们长离的法子，这改变也只能维持大概七天时间，而且这种秘术一旦施行，三年内都不得再在同一处使用，才七天啊，就要找出不思珉，这来得及吗？”

岳泠澜站起身来，他清朗无双的眉目缓缓弯起："足矣。"

阿筝一阵心如鼓擂。

翌日，一切都按照岳泠澜预想的按部就班地进行着。楚玄堇见涧花已安顿下来，为了避嫌便告辞而去。暮雨日日汇报遍查萱城户籍的结果，尽管并没有什么发现，离睢依然杳无音信；夜明生和云岁成虽然没有像观音想的那样掌握着一些和不思珉有关的线索，但他们提供的居所着实是一个难得的清静之地；阿筝则随着岳泠澜在萱城四处寻找不思珉，每天回来时还能吃上涧花、暮雨她们准备的各种好吃的，日子过得倒挺舒服。

直到一日凌晨时分，破空一声霹雳巨响，狂风顿起，暴雨一泻而下，门窗霎时洞开，阿筝睡梦中被雨浇了一脸，带着起床气奔到门外，却见岳泠澜早已站在院中。

紧接着，空中掠过一声震天动地的长吟，一条长蛟腾云而来，风驰电掣，转瞬没入莲塘之中。

雨水从岳泠澜的脸颊慢慢滴下，他瞳孔骤然张大，低唤一声"九曲"，水面顿起波浪，又是一阵急雨。

阿筝跑到塘边，只见水中殷红一片，骇道："怎么回事？"

"它受伤了。"岳泠澜眸中寒意沉沉，"想必汐回出事了。"

此时众人都已围了过来，夜明生惊道："那怎么办啊？"汐回是他进慕颜洲后见到的第一个美丽女子，待他又十分温柔，如今听说她有事，夜明生心中很不好受。

"去寒潭，找汐回。"岳泠澜望了眼渐渐好转的天色。

"也好，"阿筝下意识道，"反正寒潭也近，不耽误事儿。"

岳泠澜瞥她一眼："那如果已是七日之期的最后一日呢？"

依阿筝的言下之意，是否就别去管汐回死活了。

阿筝微怔，没有回答。

其余的人并不懂他二人在说些什么，只央着岳泠澜要一起去，尤其是夜明生，强烈要求他必须参与解救汐回的英雄行动。意外的是，行事一贯利落的岳泠澜并没有拒绝这群累赘的请求。

寒潭不远，却地处深山之中，路陡难行。涧花显然走不惯山路，虽由暮雨搀着，却仍显勉强，走几步歇几步，一个拐弯时，她的脚步竟跟不上前倾的身子，幸得岳泠澜及时俯身一托，才未被树枝划破相。

涧花的脸微有些紫涨："给公子添麻烦了。"

岳泠澜语声温和，眼神却冰冰凉凉："小心脸。"

阿筝"嗤"了一声："就不该让你们这群没用的跟着，浪费时间，连个山路都不会走，岳泠澜你挑的这丫头可真不够格。"

"我说阿筝，从我们出门算起，到现在为止，你已经抱怨……不对，是哀号了七十五次了，麻烦你待会儿把我耳朵里的茧子挑一挑……"夜明生抠了抠耳朵。

"你……你知道天底下最贱的两个字是什么吗？"

"洗耳恭听。"

"是——阿夜！"阿筝拿腔捏调地拖着长音。

"你不许叫！我只许云楂和好看的小姑娘这样叫我的！"

"嘿嘿，我偏要这样叫！有时候我可真佩服你的云兄弟，被你虐待欺压了这么多年。要是换了我，每天一有空就揍你一顿，保管让你不死也脑残，还能留你到现在和我斗嘴？"

"若是你们赶路也能像吵架这么用心，我们早就到目的地了。"岳泠澜对身后喋喋不休的二人好像忍无可忍了，终于爆了句不轻不重的话。

剑拔弩张的二人这才闭嘴。

山路尽头，大片大片的紫竹林涨破眼帘。

紫竹林的另一边，就是寒潭了。

"今天的瘴气怎么这么厉害！"阿筝不知何时捏了短箫在手，对着林间浓郁的瘴气一阵乱舞。可那瘴气十分奇怪，像是永远打不散似的，才消下去一点儿，转眼间又把人围得严严实实。

“第一次来寒潭？”岳泠澜微低着头。

阿筝看不清他的神情，答道：“当然了。我在长离宫不过是个无名小卒，没事跑寒潭来干吗？柳非暮这样的大鱼可轮不到我来吃。”

岳泠澜没有理会阿筝，他扫了眼四周：寒潭这地方，虽阴郁了些，但一直十分干净，正因如此，柳非暮在寒潭就好像神仙在山中，磊落又神秘。现下平白有了这许多瘴气，着实令人费解。

“岳泠澜，这些瘴气都有剧毒。你我自是不怕，可这些小喽 一定是挨不过去的。”阿筝说话虽不好听，但她所说的确是事实。

岳泠澜转过身来，问涧花道：“你觉得呢？”

涧花不知岳泠澜为何单单询问自己，她紧紧捏着手指，又看了看缭绕林间的瘴气，小声道：“那我们就在这里等候公子。”

夜明生虽挂念汐回，但也知道自己的斤两，暮雨和云岁成一左一右劝了劝，他便也答应在入口处等消息。

阿筝很是满意，转头却见岳泠澜已经走远，急道：“那我呢？”

岳泠澜没有应声，她也早就习惯了他的不客气，径自跟上了。

余光所到处，是阿筝轻快的步伐，岳泠澜心头微滞。

阿筝，涧花，乃至暮雨，她们都各怀心事，以他的聪明才智，岂会不知？他由着涧花跟来，是因心中清楚，他眼前的涧花，根本不可能承受随时随地突如其来的刀光剑影，必会知难而退。他由着暮雨对六年前发生在她和涧花身上的事缄默不言，是因为他笃信暮雨的忠诚，无论如何，她都不会背叛自己，她不肯吐露真相，只是时机未到。

至于阿筝……他突然不想这么快就洞悉关于她的一切。

她不是小玉钩。

可从她的身上，他小心又贪婪地攫取着离睢的影子。

他知道，这样的他，极度自私。

早春本就是一个得尽风流的时节，此时的寒潭横在林中，潭面寒光凛凛，雾气氤氲，四周一片死寂，无风声，无鸟鸣。

寒潭西侧有一亭一桥，本身很是普通，可就因为置于寒潭之中，便平白地透出一股子冷艳来。岳泠澜静静地望着它们，想到七年前，自己和柳非暮曾躺在潭边冰凉的石子地上喝酒……

“白天不觉得，现在瞧你家的东西，倒真是与众不同，过目难忘。”

“哦？岳公子住惯了慕颜洲那样的人间仙境，又怎会稀罕我这里的摆设呢？”

“你看，那座桥，还有那个亭子，就很是特别。”

“公子若喜欢，便给它们取个名字吧。我听闻慕颜洲有一亭名为‘烟凉’，另有一桥名为‘鹭闲’，皆是公子所取。”

“这两个名字，也只能配得上慕颜洲，配不上寒潭。来，你把手给我……此亭便叫这个名字可好？”

“静吾……静吾亭？果然别致。”

“柳兄只知其一，不知其二。静吾，无非是为了个‘悟’字，可‘静吾’离‘悟’的境界，还缺少一个‘心’。”

“那我该往何处寻心？”

“柳兄不是还有座桥吗？就叫‘得心桥’如何？”

那时，挽溯还活着，菱潭刚刚出师，她们都好好地待在慕颜洲，离雎呢？

她就在寒潭，正枕着他的膝，睡得香甜。

回想往事，总免不了生出几分物是人非的感慨。举目四望，众木林立，一片苍凉。

“这里……什么都没有啊？”阿筝奔了过来，“我都找了一圈了，屋子还在，但别说人了，连只鸟都没有！”

仿佛为了印证她说得不对，一声尖叫从寒潭的另一侧传来。

“是汐回。”岳泠澜眸中寒意顿生。

第六章 谁是谁的劫

汐回觉得，自己真的很倒霉。

她多少年没来寒潭了，好不容易带着九曲摸到了路，柳非暮连个鬼影都不见，偏偏让她撞上了长离三劫。

她汐回是学医的，武功砍砍小虾米还绰绰有余，面对高手也只能做防身用，现在要她跟这三个纵横江湖多年的怪物打，她还不如直接抹脖子算了。也真是吊诡了，她统共来寒潭两次，回回都碰上这三个鬼东西，而这一次，再没有人来救她了。

四年前，挽溯携汐回来萱城办事，就歇在这座山上。汐回年龄尚幼，又是第一次到萱城，这里的一切都对她充满了吸引力。

夜凉如水，挽溯早已睡下，汐回虽也犯起了困，却仍睁着眼睛不愿睡去，大有清月伴我到天明之势。

依稀之间，有曼妙的歌声缥缥缈缈地传来，汐回听着只觉变幻莫测：时而是小荷初生的清丽绝伦，时而是淡月枯涧的哀而不伤，时而又是大漠孤烟、秋风马嘶……

那歌者雌雄莫辨，汐回听得痴倒，不觉已过了三更，方欲按捺了好奇睡去，却迷迷糊糊地听得那个人继续唱道：“几家罗衾五更寒，几家飘零青丝叹……”

她不由得心醉神迷，轻轻掀开帘子，却只有月光懒懒散散地飘进来。汐回偷偷看了一眼挽溯，只见她素手覆额，梦呓微微，便再也忍不住，蹑手蹑脚地掩了门出去。

夜色朦胧，紫竹林清香曳曳，汐回一路循着歌声，不知不觉已走到了紫竹林的末端，眼前忽地现出一大片耀眼的白。

汐回不由得感慨造化之神奇：分明是再普通不过的冬青，在月光下却映出了如此皎洁的颜色。此时，歌声已渐渐淡去，又有琴声由远及近，如泣如诉，弹琴的人，好像就在这冬青之上。

汐回先是小步快走，后索性飞身一跃，踏着那弥漫的枝丫瘦叶一步步登高。她几乎是颤抖着手拨开了重重叠叠的叶子，眼前之景令她低呼一声，一不留神便跌了下去……

一直以为，世上除了岳冷澜，再无此等容颜倾世的男子。

君见否，青衫朗绝，长发卷扬，慵懒睥睨，一世容光？拨云弄琴，梅花新放。

汐回就这么软绵绵地栽了下去，浑身竟无一处想使劲，她晕乎乎的，觉得这样也挺好……蓦地，不知从哪里横亘出一截长枝来，不偏不倚间为汐回承了些许下坠的力道，她得以顺势而下。

汐回万万没料到自己能安全落地，她仰头一看，见那树枝于原处微微颤动，那绝色的男子早已不知往何处去了。

而那大片大片的冬青叶间，竟有千树万树的梅花翩然盛开，顷刻又消散了。实也？虚也？

汐回再无心思考虑其他，她跌跌撞撞地踏上来时路，方才瞧见路边青石上赫然是胭脂色的二字：寒潭。

“你若再不出来，我可是要一个人回去了。”眼前这浅笑盈盈的飒爽女子，肤色微黄，一双眸子虽英气逼人，却未免少了水色，面庞又瘦削了些，可一齐望去，整张脸却仍是光彩照人。

“姐姐！”汐回扑进挽溯怀中，撒娇道，“姐姐不要不管我，我知错了。”

挽溯轻轻抚了抚汐回的发，柔声道：“怎么谎话你都信呢？我们是一母同胞的亲姐妹，我就是不管自己，也决计不会不管你的。”

月已到西边尽头，微弱的光把二人的影子斜斜地拉开，映在石路上。

“姐姐你知道吗？方才，我遇见了一个男子！就在紫竹林尽头！”

“好了好了，遇见就遇见了呗，男子有什么稀奇的？”

“奇着呢！”汐回万分认真，“姐姐，你信吗？那男子，生得甚好，比师兄都不输几分的！”

“我信。”挽溯叹了口气。

“啊？姐姐就这么轻易地信啦？是和师兄比，不是和别人！”

“你也不看看你进的是什么地方，我为何不信？”

“什么地方？”

“寒潭。”挽溯似乎不愿多提这个寒气逼人的名字。

“寒潭……那不过是个唬人的名字罢了,和那男子有什么关系呀？”汐回却心情激荡，“他很厉害？我打不过，姐姐也打不过？”

“别说你我，就是小师兄来了，胜负也是未知的。”岳泠澜在慕颜洲的资历无人可及，挽溯虽比他年长，但也十分尊敬他，平日里习惯唤他“小师兄”。她本想就此打住汐回的问话，不料她一听到这个人能和岳泠澜抗衡，却越发感兴趣了。

挽溯无法，只得停下道：“好吧，想来他也并不想伤害你，我这就告诉你。汐回，他走了之后，你可有看见梅花？”

汐回点头如捣蒜。

“这便是了。”挽溯目光炯炯，“他叫柳非暮，住在这寒潭，他生得极美，又修炼一种十分奇特的功夫，落在旁人眼中，如梅花齐放，因此江湖人称他‘寒潭梅花’。”

“一个大男人，叫梅花！”汐回笑道，“不过真的很衬他！”

“他还有一个雅称，是什么‘烟连客’。”

“什么意思？”

“纵知烟火亦流连。”挽溯轻声道，她也有几分痴了，兀自向前走着，待回头时却不见了汐回。

周围，像有什么乐声，正渐渐散去。

汐回似着了魔般，追着乐声深一脚浅一脚地往回走，待乐声消散人清醒过来时，才发现自己已置身寒潭之内。

难道是那柳非暮有意找我？也好，我正想瞧瞧这寒潭究竟是何光景。汐回想着，便继续东瞧西望，只见夜色朦朦胧胧，前不见那棵冬青，后不见来时路，更无人迹。

汐回停下脚步想了想，试着喊道：“柳哥哥？柳哥哥！”

四下除了树叶婆娑作响，万籁无声。

汐回越发无忌，索性高声大喊：“哥哥？哥哥！”

如此一来，倒确是有了反应。隐隐约约，有琴声飘了过来，虽也是极美的曲子，比起先前柳非暮的琴声却仍有云泥之别。再看那疏密有致的叶间，有大片大片的衣衫掠过，人是从叶间飞下来的，不多，就三个。

一个是男子，一袭红衣，手中一架七弦琴，眉间妩媚无限；其余二人皆是女子，一个鹅黄小裙上只覆了条绿色飘带，一张脸，千般神韵；另一个倒是普普通通的素色锦袍一件，白面紫唇，妖娆的同时带了些许羸弱。

“太好了，”汐回笑道，“今天真是热闹，头回来萱城就可以结交这么些朋友。”

“小妹妹，”那男子玩着自己的发丝，柔媚一笑，“我们可不是来和你交朋友的。不过你这么可爱，陪我们玩玩如何？”

“那你们是？哦，我明白了，是来找柳哥哥的吧？”汐回想着他们或是柳非暮的朋友，如此还不如扮熟到底。

“小姑娘，把你哥哥叫出来，省得我们找！”那素袍女子显然是个急性子。

“我哥哥？”汐回摸不着头脑。

“小妹妹既然装蒜，还废什么话？”那红衣男子前一刻还是柔情脉脉，下一刻便拨了琴弦，数枚暗箭追风逐电地朝汐回袭来。汐回虽愣了愣，仍是灵巧躲过，顿时清醒了大半：“你们到底是谁？来找麻烦的吗？”

“血琉璃。”“沉碧舞草。”“鹤顶仙。”三个人齐齐答道，同时飞身下来，二话不说便打。

汐回虽自小得慕颜洲真传，双短剑使得甚好，无奈重心并不在武，何况寡不敌众，这几个人又都是高手，眼看只余招架之功，却只觉背部炽热，内力陡增，便就势往前一推，竟生生将那迎面打来的血琉璃击离数丈。

“我看你们不是找麻烦，是找死。”汐回下意识地回头，果是柳非暮，一脸的云淡风轻。她刚想开口说些什么，就被柳非暮轻轻推开，只见他漫不经心地四下打量一番，瞥了眼一棵普通的枋树，此时天光已亮，他脚尖轻点，不一会儿便立于树冠之上，竟清逸得好似在云端般。

“果是兄妹情深，我们找了你这么久都不见人影，你妹妹一出声便随叫随到。”舞草埋怨道。

“妹妹？嗬，这八竿子打不着的妹妹，倒真是扰我清梦，一起打出去省事。”柳非暮冷笑一声，不知从哪里携了架琴便弹。

“早听闻烟连客的妹妹才貌双全，今日一见果然不同凡响。只是你这做哥哥的怎么竟把她留在这儿，不怕我们捉了她回长离宫吗？”鹤顶仙已暗自于指尖凝毒。

“我说你这呆雁，把爪子伸出来施毒便是，这般扭捏作甚？这小丫头你们若要，我送你们可好？”柳非暮轻轻拨着琴弦，唇边含笑。

“我……我扰了你，是我不该，可你非但不和他们解释清楚，拖我下水不算，还……我又不是你的，凭什么随你送来送去啊？”汐回对咬牙切齿的三个人置若罔闻。

“你二人装什么？你既不滚去你哥哥那边，现今受死吧！”鹤顶仙指尖泻出一股白色毒气，汐回丝毫没有躲闪之意，反而迎着瘴气道：“这么些年，弹指湖那些百毒不侵的湖水，我岂是白受的？我看，你不配叫什么‘仙’，是妖精吧？”

鹤顶仙并未注意到“弹指湖”三字，只当汐回施了什么他也不知的术法，便加重了毒气的分量。汐回并不惧这毒雾，只是眼前迷茫一片，看不清对方，剑法难施，忽听得一阵琴音，霎时毒雾散尽。

“呆雁要啄人到外面啄去！”柳非暮别过脸，微微一笑，转瞬间寒冰溢了满眼，鹤顶仙只见熟悉的暗箭朝自己打来，躲了一支却仍有两支刺入指尖，这滋味令她痛苦不堪。

“血妖精！你疯了！”鹤顶仙只顾扯着嗓子哀号。

血琉璃一脸茫然，恍然发觉自己的七弦琴不知何时已到了柳非暮手中，啐了一口，恨恨地道：“小乖乖，我施暗器从不配解药，你自个儿把毒化了吧！放心，底子这么好，死不了的！”

血琉璃不顾鹤顶仙，朝舞草使了个眼色，便瞅准那棵枋树飘去，舞草瞬间弃了汐回，与血琉璃一起攻上树来。血琉璃轻轻撩拨衣襟，无数牛毛细针飞出，舞草这边却换上了一副汐回的容貌，一面可怜兮兮地唤着“哥哥”，一面舞出好似用不完的飘带。

柳非暮厌极了这高下分明的打斗，飞身而下，身形一动，似有无数枝丫将二人捆住。二人毕竟是江湖上一等一的高手，死命挣扎一番脱身后，又各施妙法，借着这寒潭的花树相互遮蔽，与柳非暮纠缠不已。

偏偏此时鹤顶仙已颤颤地站起，左手微微一动，抖出一张大网，重重叠叠地向汐回网去。汐回自不怕那网上剧毒，可寒光闪闪的网上刀锋岂是儿戏？她眼看无力回天，忽听得一声大喝，月光般皎丽的鞭子软软地卷住了网边，狠狠地将那大网甩在汐回身前。继而又是一鞭，卷起汐回便往外送。

稳稳地被挽溯接住后，汐回快要哭出声来。“别怕。”挽溯拍拍汐回，轻轻捏了捏软月鞭。汐回来不及回应，就见挽溯飞旋向前，那猎猎舞鞭声夹杂着大网落空后无奈的击地声，一时难以分清。

“姐姐，千万不要碰她！她浑身上下都是毒！”

闻言，挽溯扬起软月鞭往空中狠狠劈了两鞭，霎时簌簌落叶将鹤顶仙团团包裹住，紧接着便是一阵暴风骤雨般的鞭打声。

汐回稍稍定心，见血琉璃和舞草对柳非暮施着车轮战，三个人直打到自己身边，便一剑刺入阵中，却听得柳非暮淡淡一句“没见这里有两个你吗”，便觉身子顿时被琴音弹开，直至一路滑到挽溯身边。

血琉璃乘着间隙，猛然低头，身子向前一弓，原来他脖间红衣的纹理竟是整齐的花镖。柳非暮却随意将琴一扔，琴受了全部花镖后四分五裂。血琉璃又惊又怕，又见眼前的青衣男子一个回旋，横空出世无数细长梅枝，瞬时胸口被贯穿般疼痛。

鹤顶仙见同门奄奄一息，自己又被挽溯和汐回的软鞭软剑缠得着实难受，心焦之际，凌空而起。只见她凝神闭目，掐指而舞，念念有词，刹那间，万千长蛇从四面八方涌来，有一条甚至爬上了挽溯的软月鞭。

汐回眼疾手快，一把抹落那条不知死的蛇，直接甩在最近的舞草身上。听到舞草一阵鬼哭狼嚎，鹤顶仙目瞪口呆之余，又见汐回不紧不慢地蹲下，莞尔一笑，口中发出“咝咝”的吐芯声，那蛇群竟然掉头朝鹤顶仙扭着身子奔去……

挽溯饶有兴致地看着，忽地飘来一袭青衫的男子，她被柳非暮紧揽着腰，身子不由自主地飞速后退……是时晨曦微露，逆着风，挽溯将这张艳丽的脸看得清清楚楚：不同于岳冷澜的清远萧散而棱角分明，柳非暮的温润带了微微烟霞色，那是另一种不容置疑的绝代风华。他的眼睛不大，却灿若星辰，还含着满满的桃花水色，从眉间眼角溢开来，滴下来……

挽溯早已出了神，待觉风声渐息，才发觉身边大树的树干上密密地插满了花簪。血琉璃自度大势已去，手从发际间缓缓垂下，嘴角却扬起了一丝不易察觉的微笑。

鹤顶仙大惊失色，正想逃之夭夭，一阵掌风掠起血琉璃和舞草，恰恰打在她身上，三个人一齐飞出了寒潭，柳非暮慵懒温柔的声音久久地回荡着：“长离宫想要化萤珠，就让冷折鸢亲自来。”

“把软烟收好。”挽溯将汐回的双短剑推回袖中，又重新把软月鞭系回腰间，上前向柳非暮道谢。柳非暮斜斜扫了眼宛若紫色飘带的软月鞭，理了理衣袂便欲离开，须臾，又不冷不热地看着汐回道："下次，别让我再看见你。"

"我……"汐回委屈得几乎落泪。

"你这是什么意思？如果不是我妹妹，你抵挡得了那些毒物吗？"挽溯拉过汐回便走。

"姐姐……"汐回欲言又止，却听柳非暮道："如果不是你妹妹，我根本犯不着把长离宫得罪，我自己也……罢了。"

挽溯愤愤地回头道："若后会有期，把兵器带来。"

那青衣原本在疏淡的光影里渐行渐远，此时却回过头，温柔一笑："你叫什么名字？"

"挽溯，无姓。"

"好，在我遇见更天真的女孩子之前，我不会忘记你的。"柳非暮笑得越发张扬，宛如一场璀璨的烟花。

挽溯眼见那青衫隐在沉沉山雾中，着实怔了一怔。她顺手牵了汐回便走，却见汐回定定地望着树干出神，便一拍汐回的脑袋，却听得她一阵低呼。

挽溯顺着汐回所指的方向看去，只见那树干上的花簪入木三分。

"怎么了？"

"姐姐，你数数，树上是不是有八根花簪？"

"一，二……没错，是八根。"

"坏了。"

"怎么？"

"方才我仔细数过，那血琉璃连发的暗箭和花镖，都是九枚。我听说长离宫门人极重玄门术数，定好的数字不会轻易改变。"

"你的意思是……"挽溯恍然忆起方才被柳非暮的青衫揽着后退时，有什么东西冲着他的袖口飞来，转瞬便不见了。可他掩了袖口，什么都没说。

“难怪他……我想，应该没事吧，他武功那么高……”

“姐姐，那上面有剧毒，他……应该不擅长解毒……”

二人相对，默然良久。

回忆中的那一场盛世梅花谢了，汐回揉着酸疼的眉骨，四面漆黑一片，不时有碎石滚落的声音。

是了，她此次来到寒潭，发现寒潭早已人去楼空。四年前对寒潭的记忆重新复苏，就是在这个地方，她和挽溯第一次邂逅了那个令人心颤的青衣男子。在她的印象里，柳非暮一直都是轻佻多情的，他会毫不避忌地唤挽溯“溯溯”，也会不正经地对汐回说些玩笑话。汐回一直以为，他会和自己的姐姐在一起，后来，她的愿望以另一种意想不到的可笑方式得到了圆满。

柳非暮的确爱上了她的姐姐，却不是挽溯。他爱上了菱潭，汐回没有血缘的二姐。对这个姐姐，汐回打小就很生疏。菱潭是汐回和挽溯生母捡来的养女，汐回一直都不明白，自己的父母连两个亲生女儿都养不活，为什么还要同情心泛滥去捡一个别人不要的半大女孩？就像她同样不明白，柳非暮先遇到的明明是自己和挽溯，为什么放着温柔的自己和英朗的挽溯不爱，偏偏去爱一个心思深沉连名义上的姐妹们都不喜欢的女子？

更讽刺的是，爱上菱潭之后的柳非暮，再也没有对其他任何女子有过不庄重的行为，更再也没有唤过挽溯“溯溯”。有句话，汐回一直不敢说，如果柳非暮爱的是挽溯，她绝不会产生现在这种隐蔽却又挥之不去的不甘心，因为那是她的亲姐姐，她们感情深厚，血浓于水，她不能和挽溯去争抢什么……可是，为什么会是菱潭呢？既然可以是菱潭，既然可以不是挽溯，那为什么……不可以是她呢？

四年前的那一晚，他烟火一般的笑容，迷住的何止是挽溯一个人。

汐回在寒潭找到了挽溯的墓，柳非暮的确给挽溯找到了个十分安静的居所，她看着四周的花草，孤单却沉静地想了很久，忽然觉得，没有那么恨他了。

后来，长离三劫又出现了，这三个鬼东西和四年前一样眼瞎，认定她是柳非暮的妹妹，死缠烂打要她交出什么化萤珠。

她打不过他们，只得唤了九曲想跑，谁知九曲挨了血琉璃一击，飞到寒潭另一头时便因极度的痛楚将她抖落下来。

寒潭边上，是一个断崖。

她没有死，而是万幸跌落在崖体斜出的一块巨石之上。这儿并非不见天日，只是她怕是摔下时压迫到了什么经络，眼睛暂时失明了。

她只能摩挲着四周，希望这块摇摇欲坠的石头能撑久一些，也希望自己在获救之前不会饿死。

师兄会知道她受伤了吗？他会来救她吗？长离三劫在寒潭周围聚起了大片的瘴气，他能找到她吗？

她大概想多了吧，慕颜洲离寒潭这样远，何况她在岳泠澜心中从来都没有什么分量。

她并不知道岳泠澜此时已同样身处寒潭，更不知道，他正抛下手中似乎更重要的事，赶过来救她。

忽然，她的头顶响起了一个脆生生的声音。

那个声音在说："喂，你还活着吗？"

不知道为什么，汐回的心骤然一紧。

她看不见出声的女子是什么模样，只是莫名地觉得，这个声音很熟悉，熟悉得让她双手发抖。

那是一种，在窥见盛大的月光时，只能匍匐拜倒的羞惭。

第七章 山夕旧曾谙

“这位姑娘，你听得见我吗？”那个女子的声音清越剔透，还带着不吝的天真。

可汐回心头的恐惧却越来越重，她惊讶地发现，她甚至并不害怕身下这块时刻就要脱落的石头，她害怕的是听到现在这个声音。

她哑声道：“你是谁？”

那女子笑道：“我叫望舒。”

汐回如释重负，望舒，一粟海近年来风头最盛的弟子，她也是听说过的。传言这个望舒美貌无匹，行踪神秘，是一粟海掌门十渡最心爱的徒弟，她被十渡保护得很好，以至于江湖中人在她崭露头角时才突然意识到，一粟海竟有了这样的人物。

无人知晓望舒是何时进入的一粟海，等她进入众人的视野时，她的光芒已如月华万里。

可是，为什么总感觉有什么地方不对劲呢？

“霜吟，”望舒又开口了，“去把那位姑娘救上来。”

霜吟？好熟悉的名字。

“霜吟，你不听话是不是？”望舒似乎拍了拍谁的脑袋，“又不是叫你跳下去，那姑娘落得不远，你要是连这点儿高都怕，我可就不让雪语陪你睡啦！”

雪语！汐回的脑中响起一道惊雷，有什么话已经堵在了喉咙口，可当她毫无防备地触到了一个柔软的物什，她被什么东西驮着凌空而起时，这句话还是本能地化成一声尖叫。

“汐回！”竟是阿筝的声音。

她先于岳泠澜跑了过来，她听见汐回的尖叫从崖下传来，而崖边，正趴伏着一个白衣女子。

不知何故，阿筝并没有看清那女子的模样，心上已涌起一股强烈的杀意。

她感觉到手中的短箫在微微震动。

“你对汐回做了什么？”阿筝不知道自己为什么要这样说，仿佛，她迫切地需要一个理由，一个能让眼前这个白衣女子迅速消失的理由。

短箫飞了出去，望舒侧身避过，看向阿筝时，眼底已带了化不掉的冷。

这个神情……阿筝蓦地想起了岳泠澜。

“你是谁，为什么要杀我？”

阿筝这辈子也没有听过这样好听的女声，好似冬日化雪时的乱玉碎琼，凉而清冽。

她终于看清了望舒的模样。

她白衣墨发，发间只系了根再简单不过的红色缎带，素面朝天，却美得惊心动魄。

她怀中抱着只玲珑纤巧却叫不出名的白鸟，周身风华，竟不似身在人间。

阿筝怎么看、怎么比，都觉得她比自己更好看，好看的同时又带了点儿似曾相识。

与此同时，一只同样通体雪白的大鸟背着汐回翩然而落。

“我在问你话，”望舒冷冷道，“你是谁，为什么要杀我？”

岳泠澜赶到时，听到的就是这样一句话。

阿筝突然不知道该说什么，她微微偏了头去看岳泠澜，他一言未发，可他的身体却在轻轻地颤抖。她从未见过岳泠澜这样失态，只除了……那天夜里，他冰凉的衣袖差一点儿就要拂上她的脸，他极尽温柔地看着她，又很快清醒，他说，“你不是小玉钩”。

没有等到阿筝的回答，望舒也不客气，瞥了那早已跳回她身边的大鸟一眼。那大鸟立刻跃起，朝阿筝扑去……

阿筝正想出手，却见岳泠澜猛然回头，他一扬手，推回阿筝的短箫，冷冷道：“你想杀谁？”

阿筝心中“咯噔”一下，岳泠澜的眼中，杀气四溢。

他虽一直待她冷淡，却从未像现在这样，周身蕴着一览无余的坦荡的杀意。

他想杀了她吗？为了这个出现不到一刻的女子？

岳泠澜的目光转到那只大鸟身上，他轻轻道：“霜吟，你连我都不认得了？”

说来也怪，只见那只大鸟一哆嗦，速度立刻慢了下来……它落到地上，睁大眼睛仔细地瞅着岳泠澜，随即便跳着脚往后退了几步，边退边大声叫唤着。

正在此时，望舒怀中的小白鸟也钻了出来，它扑腾到岳泠澜身边，却怕他责备似的不敢靠近。

望舒的掌心突然有些发热：“雪语，你做什么？”

那只白鸟缩着脑袋低叫一声。

雪语？原来雪语是只鸟儿……阿筝往后退了一步。

望舒眉心微动，看了岳泠澜一眼：“霜吟为什么要认得你？”

岳泠澜凝视着她，像凝视着一件失而复得却已经支离破碎的稀世珍宝。

毫无征兆地，望舒心头一痛。

她发觉自己无法直视眼前这个绝色男子的眼睛。她向来就不怎么会揣摩他人的心思，可就是这么随便一瞧，她便在岳泠澜的眼神里看到了数不清的东西，那似乎是年年岁岁积累起来，刺了心入了骨的东西，仿佛被谁轻轻一碰便会撕心裂肺地疼起来。

她不认识他，可她不敢看他。

岳泠澜静静地看着望舒，好半天才轻声应道："傻瓜，它的名字是我取的啊。"

"什么？"阿筝和望舒几乎同时发声，只是阿筝的声音明显大出数倍，她不由得望向汐回——汐回依然看不见众人脸上的种种，可她却早已反应过来，她的唇一张一合。

她好像在重复着三个字。

这三个字是——月姐姐。

阿筝忽地想起，望舒身上的似曾相识之感是从哪里来的。从"月生君"来，从"小玉钩"来，从芷汀迷迷糊糊说起的一件件少年往事里来……竟然是她，果然是她。

到了此刻，阿筝再不能欺骗自己，刚才她一直刻意躲避的是什么——望舒的右颊上，有一道小小的月牙形的旧伤，就像……一枚小玉钩。

怪不得他像失了魂一样，怪不得他肯在她身上无限地耗着他的目光，怪不得他对她说的每一个字，都是那么轻，那么温柔……

望舒突然咬住了唇，俯下身去。

她掐紧了自己的胳膊，痛得唇色发白。那是一种爆炸一般的疼痛，从她的身体深处向四肢百骸一寸寸漫开，她脑中嗡嗡作响，似乎有成千上万只虫蚁正在噬咬着她的神髓。

她很想忍耐，却还是忍不住叫出声来。

好久没这么疼过了。

这个男人究竟是谁？为什么明明是第一次见到他，她却止不住地落下泪来？

她痛得整个身子都蜷缩起来，却很清楚自己流泪不是因为痛苦。

见她疼成这样，岳泠澜的脸瞬间苍白如纸，他已大跨步迈出，望舒却费力地喊道："你不要过来！"

只要不见到这个男人，她就不会这么疼了对不对？

“好，我不过来……”岳泠澜几乎是本能地应承着她的全部要求，他的双手因为慌乱一直微微抖着，好像痛的那个人是他。

望舒喘着气，喃喃道：“墨师兄……”

墨师兄是谁？

岳泠澜心头一凛，可他来不及多想，因为望舒已经缓缓站了起来，她的眼中一片混沌，带着近乎妖冶的红。

她向崖边走去。

“小玉钩！”岳泠澜大骇，他终于喊出了这个辗转于齿缝千百遍的名字，“我不过去，你过来好不好？”

望舒朝崖下倒去。

她本就站得离崖边很近。

坠下崖去的那一刻，望舒的青丝扬起，阿筝看见她脖间系了块青色的玉坠，像一座小小的山峰。

她似乎是发病了。

可她如果就这样死去，不是很好吗？

就在同一瞬，是谁飞奔上前，将望舒紧紧揽进怀里，然后，和她一起跌下崖去。

阿筝瘫倒在地，默了默，突然笑出声来。

这太可笑了，不是吗？

岳泠澜。

他为救汐回，可以不顾不思珉，可从他看见望舒，到他毫不犹豫地陪着她跳下崖去，自始至终，他甚至没有看汐回一眼。

天地众生，在那个女子回到他身边的那刻起，通通沦为陪衬。

泉声，鸟鸣，村庄里特有的青草的香气。

望舒睁开眼时，发现自己正躺在一张十分朴素的榛木床上，黑麻窗帘被拉起，阳光在屋子里游走，定格在岳泠澜的脸上。

更确切的，是她正窝在岳泠澜怀里，他闭眸抱着她，眼底浮了淡淡的青。

不知何故，望舒的第一反应不是自己为什么还活着，也不是推开岳泠澜，而是想着，这样纤尘不染的少年，怎么能身处这样简陋的农家。

目光掠过岳泠澜的手背，悚然一停：一道触目惊心的齿痕，尽管伤口不再有血渗出，但已经发黑的血凝在周围，依稀还可窥见骨肉。

望舒没来由地心头一痛，她不自觉地伸出手，刚要触及岳泠澜的手背，他却醒了过来。

“醒了？”他似乎松了一口气，随即轻轻碰了一下她的头，“还疼不疼？”

她摇摇头。

为什么他的动作这样熟稔，为什么她会觉得他并不陌生，为什么当他的额头贴着她的，轻轻柔柔地问她疼不疼时，会有这样一种天然的亲近感？

就好像，她跋山涉水，风餐露宿，奔波了太久太久，以至于连自己是谁都忘记了，却依然死死记得，她要回到哪里去。

望舒被自己的想法惊了惊。

她强迫自己别开脸，想要下床，腰上却一紧。

她有些恼了：“你想干吗？我又不认识你！”

岳泠澜神色一敛。

这是她的小姑娘，这世上怕没有第二个人知道，他做了多少事，等了多少年，才等到她回到自己怀里。

从重逢的那一刹那开始，他就知道，她已经完完全全地忘了他，他以为他能够承受这种蚀骨的痛楚。

可原来竟是不能的。

他的手越发收紧，倾身将她揽在自己怀中：“你记住，你叫离雎。”

她本能地挣扎："我叫望舒！"

他一手握住她的指，一点一点地，把她的手完全包裹在自己的掌心，他温热的呼吸吞吐在她的耳边："你是离睢。"

她脸上一热："……不，我……我是望舒……"

他的指尖轻轻抚过她脸上的伤疤："你是我的小玉钩，你其实已经相信我了，是不是？"

她渐渐安静下来，嘴上却依然强硬："不可能的，在我的记忆里，只有师父和墨师兄……"

"墨师兄是谁？"岳泠澜眸中泛着森森的寒意。

"墨争凡，以往我犯病，都是他照顾我，给我吃药……"话方出口，她心底一悸，她为什么要和他解释？她为什么会自然而然地撇清她跟墨争凡的关系，是不想他误会吗？

"很好，"岳泠澜把头埋在她的颈窝，"我会杀了他。"

"你有病啊？他和你无冤无……"

"每天天不亮给你采露水治咳嗽的是我，无论任务有多辛苦、路途有多遥远都记得一定要回到慕颜洲回到你身边的人是我，你每次生病，不眠不休照顾你的人也是我……"他拼命克制着自己想要把她揉进骨血里的冲动，"你的第一根翠翘是我做的，你的防身剑术是我教的，霜吟和雪语是我们一起救下养大的……我不知道你现在的记忆是从哪里来的，但小玉钩，那些都是假的，我才是你生命里唯一的真实，你必须信我，你也只能信我！你听见了吗？"

她的肩膀被他捏得咯咯作响，她吃痛，抬了头却见他的眉眼蕴着比她更深更难解的沉痛。

"听见了。"她轻声道。

"那你信我吗？"白衣磊落间，岳泠澜的眼睛像一潭湖水，紫得深邃，连水波都是天下第一的好看。他盯着她，带着毫不掩饰的希冀，这潭湖水里仿佛落入了星星。

她几乎就想点头了，他的神情，令她想答应他任何事。

可是，不能啊。她的记忆是那么清楚明晰，一粟海、师父、墨争凡、苦练剑术、先后遇到霜吟和雪语，还有那偶发的不知来由的病……她从不曾失去记忆，他说的这些，不是太荒谬了吗？

她不敢再看他，她把自己面对他时产生的莫名的心软归结为见色起意，谁叫他长得实在太好看了，好看得让她鼻尖酸楚，心头钝痛。

她悄悄转移话题：“怎样才能放开我呢？真的喘不过气了……”

“小玉钩……”他低唤一声，“我不要求你做任何事，只要你记住你自己是谁……至于我是谁，那不重要。”

她无法忍受他此刻话语中浓重的凄哀，轻轻道：“好了好了，我是离睢，行了吧……”

他手上的力道骤减，前额却依然贴着她的脸颊，暖暖的。

她忽然记起了什么：“你的手背怎么回事？”

“我怕你咬到舌头，”他的声音闷闷的，又很快补充，“没什么，一点儿都不疼。”

离睢张了张口。

“吱呀”一声，门开了，进来一个农家打扮的年轻姑娘，身形高挑，面貌姣好。

离睢正暗自庆幸终于有人解救了她的不知所措，可当这姑娘放下手中的水盆和毛巾，惊喜地说出第一句话时，她简直眼前一黑。

那姑娘说：“岳公子，夫人醒啦？”

岳泠澜倒是很从容地接过桌上的物什，对那姑娘微勾了唇：“秦姑娘有劳了。”

离睢就这么眼睁睁地看着这姑娘瞬间红透了脸，继而掩面奔出了房门。

“这儿是崖下的一个村庄，叫秦家庄，与世隔绝，刚才那女子，叫秦宛，我们暂住在她家……”岳泠澜慢条斯理地解释着。

离雎平复了一下呼吸，打断他："这里有你的夫人？"

岳泠澜不说话，好整以暇地看着她，神情很值得玩味。

"谁是你夫人啊？"离雎又羞又急。

"如果不是发生意外，你及笄之日，我们就已成亲，你自然是我的未婚妻。"他似笑非笑。

"……疯子！"离雎轻骂一声，摸了摸发烫的脸，跑出屋去。

她坐在茅屋外，看着来来往往的村里人。

有男有女，有幼有……不对，这个村庄里，没有老人。确切地说，这里的人相貌都胜于常人，不仅貌美，而且年轻，她甚至不曾见到一个年长的人。

离雎正有些疑惑，忽觉身后窸窣作响，她警觉地回头，却是秦宛。

秦宛有些尴尬地笑了笑："夫人，你可好些了？"

离雎懒得纠正她的称呼，点头道："是秦姑娘救的我们？"

秦宛一愣，随即笑道："算是吧。"

其实，不是的。

昨日傍晚，她采珠回来，看见一个白衣少年从远处走来，脉脉斜晖里，他恍若天降神子。她自问秦家庄人人俊秀，却是第一次见到这样好看得令人自惭形秽的少年。她痴痴地看着他，他却一眨不眨地凝视着怀中似乎已经昏迷过去的女子，径自从她身边走过。

她秦宛长到十八岁，一直是村中青年竞相示好的对象，从未遭遇过这样的冷待，可等她看清他怀中女子的容貌，也不禁有些泄气。她见那二人皆全身湿透，便知他俩必是从崖下河中泅渡过来的，她想要留住那少年，便喊道："二位，既然来了便是客人，留下来歇息歇息可好？"

那少年不回头。

她灵光一闪："公子，即便你不累，我看这位姑娘也累了，再说，湿衣服穿久了会生病的，这位姑娘的状况看起来不是很好，我们秦家庄虽小，但也有大夫，可以照看一下。”

那少年顿住了脚步。

她心中狂喜，夜晚借口送换洗衣服过来，却撞见了一脸惧色的秦大夫，他说，屋子里那女子似得了极其严重的疯症，他全然不知该如何下手。

她透过门缝往里看去，却见那少年将那女子拥在怀中，一手轻拍她的背部安抚，另一只手，则由那神志不清的女子死死咬着，早已鲜血淋漓。

他却像不知道痛似的，神情无比专注温柔。

她看得眼睛发疼，这才想起，那少年的一双手，满是细碎的伤痕，显然是崖上水里磕的，可那女子，虽发着病，身上却无一丝伤处。

秦宛想象不出那少年该是怎样用心地保护着那女子，她只想着，若此时偎在他怀中的是她，那该有多好。

是有机会的吧，面前这女子，似乎有心事。

离雎道了谢，见秦宛眼都不眨一下地看着她，想起方才自己的困惑，便道：“秦姑娘，贵庄怎么不见长者？令堂令尊可在？我也好顺便向他们致意。”

秦宛的脸“唰”地一白，她撩了一下头发，道：“……我爹娘都已经过世了。”

离雎忙道了歉，却听后屋传来一阵嘶吼，继而是铁块撞击的轰隆回响。她拧了眉，正想起身去看，秦宛却阻道：“这是我家养的一只獒犬，只因性情暴戾难驯，我才将它锁在柴房中，夫人还是别过去了，要是不小心伤到你就不好了。”

离雎远远看了看门窗紧闭的后屋一眼，没有说话。

那间屋子，外墙高耸整洁，根本不像是柴房。

秦宛又道：“夫人若是想离开我们庄，可以一路往西走，听人说穿过最外面的一圈花丛就可以出去了，只是我们喜静，也习惯了在这儿生活，所以从未有人离开过。”

离雎淡淡道：“秦姑娘为什么要和我说这些，你很希望我走吗？”

秦宛一怔，寻了个由头便匆匆离开。

离雎按住了额，短短一天发生的事，颠覆了她十多年来平静的生活。她是有记忆的，尽管那些记忆十分寻常，她只是自小跟着十渡学武，日复一日，年复一年，不曾遇见过岳泠澜，更不曾与他有过那么多甜的苦的经历……

他说起慕颜洲，那不是什么名门正派，她是知道的，他既是那里的人，必定有不同常人的心机和手段，所以他才能伪装得那样真诚，好像他们之间，真的有过那些铭心刻骨的过去，他只是在骗她对不对？

他说霜吟的名字是他取的，怎么可能呢？虽然她已经忘记自己是怎么救下霜吟的，但无论如何，都不会和他有关，简直是无稽之谈。

她的记忆的确单薄如冰，没有神采，更不像他描述的那样盛大，可是，她怎么能因为他一时的哄骗，就怀疑自己的身份，甚至怀疑起自己的师父呢？

这实在太不应该了。

离雎闭上眼，她的思绪乱成一团，一个声音在喊：“你疯了，竟然怀疑起自己过往的人生。”可另一个声音，仿佛是越过了不知重叠了多少层的迷雾，朦胧却带着悲怆地呜咽着，那个声音，仿佛在喊着谁的名字，那个被遗失在记忆最深处，蒙上了尘灰，却不可阻挡地发着光，等待着她重新拾取的名字。

她甚至开始想，如果岳泠澜真的认错了人，如果他口中的那个“小玉钩”真实存在，那该是一个多么幸福的女孩子。

她很羡慕。

离雎紧紧握住了拳，站了起来。

她要离开这里，至少，离开岳泠澜。

离他越近，她就越无法思考。

她要回到崖上去。雪语擅长寻人识路，算算时间，也该找来了。霜吟虽然是只没出息的怕高的鸟儿，但若真遇上了事，还是靠得住的。

好不容易下定了决心，她却心头微滞：该怎样做，她才能顺利瞒过岳泠澜，独自离开呢?

她不知，在她身后，岳泠澜正负手而立，他的眼睛里，有水光悄然漾起。

第八章 共你赴鸿门

鼻尖渐渐聚起熟悉的冷香，离睢回过身，果然是他。

真奇怪，不过是和他一起待了一个晚上，大部分时间她还不省人事，怎么就能记住他身上的香气呢？

“在想什么？”岳冷澜温声道。

她心头犹乱，搪塞道：“没什么……就是饿了。”

岳冷澜却笑了起来：“想吃什么？我去做。”

离睢微瞠了目看着他，原来清冷如他，竟然也会有梨花初绽般温暖和煦的笑容。单凭他这个笑法，世上女子的目光便再也不愿移开了吧？

见她有些发傻，岳冷澜捏了捏她的脸：“松鼠鳜鱼？糖醋排骨？酒酿圆子？”

离睢愣愣地咽了口口水：“你怎么知道我爱吃的？”

“我当然知道。”他的眼睛弯了起来。

“你……会做饭？”她不由得自上而下打量了他一番，他这副模样，实在不像是食人间烟火的，更别提让她想象他做饭的画面了。

“没办法，”岳冷澜无奈道，“谁让某人为了让我回来得早些，只肯吃我做的饭，我总不能眼睁睁地看着她饿死，只好跟冰沁她们学着做。”

“某人是谁……”她小声嘟囔。

“从前的你。”他想抚她的脸，却还是把手轻轻放在她肩膀上，“好了，我去看看有什么食材，这地方怕是没有鳜鱼，但糯米粉应该不缺，给你做个酒酿圆子。”

说着，他便往后厨走去。

离雎有些恍惚地跟着他走进厨房，看着他轻车熟路地生火煮水，满厨的烟火气里，他反倒更加飘然若仙。

离雎狠狠掐了自己一把，她分明是要想办法逃走的，怎么这会儿这么入神地看他做饭，就好像……他们真是一对寻常夫妻似的。

“这儿烟大，呛人，你再回屋睡会儿。”岳泠澜的声音落入她耳朵，像是看穿了她心中所想。

离雎吃了一惊，刚想掩饰，却见他埋头摆弄着手上的食材，并没有看她。

“那……我先回去了。”她轻轻道，像是做错了事。

“嗯，”他温柔地应着，“酒酿圆子一会儿就好，蛋花的。”

她胡乱地点头，几乎是夺门而逃。

千头万绪在心里翻来覆去，离雎漫无目的地在秦家庄奔走着。

她不是一心想逃吗？可为什么这么轻易地得到了机会，她却一点儿都不快乐？

难道，在她的内心深处，想要的竟是一个留在岳泠澜身边的理由吗？

前方是一大片不知名的紫红色的花朵，团团簇簇地蔓延开来，似乎没有尽头。

这儿想必就是秦宛所说的边界了吧，只要越过这一眼望不到头的花海，就能离开这个村庄了。

冷风忽地盈满了离雎的衣袖，她打了个寒战，蓦地想明白了一些事。

她这一路，见到了许许多多高高矮矮的坟茔，这个村庄不见老人，却有这样多的死者，实在太过诡异。

她虽只和秦宛见过两面，但秦宛提起岳泠澜时，眼里都是光芒。她很清楚，这就是喜欢。

因为，她也是一样的啊。

想到这里，离雎突然有些想笑。她和岳泠澜究竟认识了多久呢？是像他所说的，朝朝暮暮，岁岁年年，还是她以为的，短短一天？

一天时间，在人生百年中，能占据多少分量，怎么就能长到令她确信自己的心意呢？

可她就是喜欢他了啊。

她的确一度想要逃离，可她就是后悔了啊。

记忆或许会骗人，但感觉不会。

便是她真的用一天的时间就喜欢上了岳泠澜，那又怎样呢？

喜欢他，是一件多么美好的事，这样满心充盈的感觉，她从未有过，又或者，被尘封了太久太久。

她不能忍受他在这个神秘的村庄里遭遇一丝一毫的危险。

秦宛有意告诉她离开的方法，秦家庄异于常人的村民们，还有秦宛家后屋里，那个显然是由人而不是獒犬发出的低吼，这些事桩桩件件都有鬼。

她要回去告诉岳泠澜，秦家庄不宜久留，她要告诉他，她只想和他在一起，她相信他，不为什么，只为顺从自己的心。

因为此刻，她的心分明正迫切地告诉她，快回到他身边去，不要以为用一天的时间去喜欢上一个人过于草率，等你真正喜欢一个人的时候，会觉得之前消磨的一时一刻都是浪费。

离睢无法说出理由，她只是无端地觉得，她和岳泠澜之间，好像真的已经浪费了太多的时间。

她现有的记忆无法解释这一点，她却觉得那并不很重要了。那些脑子里和她本能的反应相互矛盾的记忆，等回到崖上，自然会有大把的时间弄清楚。

是啊，她会离开这儿的，和岳泠澜一起。

远处，一道纤细的身影隐在树后，她看着离睢走向那片开得妖娆的花田，眼里掠过一丝得逞的笑意。

可随即，这道笑意僵了僵，她看到离睢停下了脚步，低着头似乎在思忖着什么。

离睢想要折返，可她看见那些恣肆的神秘花朵里，藏了一株修长的凤尾蕨。岳泠澜手背上的那道齿痕顿时在眼前浮起，他一直没有处理他的伤，除了手上的，他身上还有多少不曾让她看见的伤口？从那样高的山崖摔下来，她被他护着毫发无损，可是他自己呢？

她拔下那株凤尾蕨，定定地想着回去后用这草药给岳泠澜的伤口消消肿也是好的，一不小心，手上针扎般地一痛。

离睢回过神，那周围的紫花，竟长着尖利的倒刺，稍不注意，便会被划出一道口子。

她把凤尾蕨捏在手心，转过身，瞳孔却骤然微张——岳泠澜正站在不远处，神情漠漠地看着她。

她心里“咯噔”一响。在他看来，她借口让他做饭，自己却忙不迭地逃跑，此时她身处秦家庄的边缘，只要他再晚来一刻，她便消失了。

离睢一时不知该如何解释，岳泠澜却先开了口：“饭做好了，再不吃就要凉了。”

他低着眉，离睢看不清他的神情，只觉他的声音有些发冷。

未等她答应一声，他便不愿听她说话似的，背过身往前走去。

她心底一颤，忙向他奔去，她的脚步又急又重，他在前头听得心乱，终于停了下来。

不知是谁先有的动作，待她意识到发生了什么时，她已被他紧紧按在心口，他修长的双臂裹着她的，下巴抵着她的发顶，呼吸炽热：“为什么要走？”

离睢叹息一声，她从他怀里探出头，踮起脚，对上他的眉眼：“对不起。”

她知道，他问她为什么，并不是真的非要她说出个所以然来，他之所以开口问她，是因为在他心里，已经准备原谅她了。

她不知道该叫他什么，她的喉咙被堵得酸疼，她只能轻轻回抱他，低声道：“我不走，真的。”

她把早已焐出了汗的凤尾蕨塞进他的掌心："我们回家吧，我有话对你说。"

他抚上她的头："我也有事想告诉你。"

窗外已起了淡淡的暮色，离睢从又一场昏迷中转醒，近处传来女子含羞带怯的笑声。

她望着天花板，想起她和岳泠澜回了秦宛家不久，她便觉得头晕乏力，身体不由控制地软了下去。

离睢抬起手，拔凤尾蕨时，她曾被一朵紫花扎伤，如今指腹仍在隐隐作痛。想来，这些在秦家庄边沿自由生长的花朵，便是引发她这次昏厥的根源。一粟海通晓治愈之术，这种花虽然没有记载，但离睢阴差阳错地以身相试，倒是让她发现了秦家庄从来无人离开的秘密。

这花不仅会麻痹经络，本身还含有剧毒，常人一旦被扎伤，必死无疑。怪不得秦家庄的庄人一直安于这方寸之地，好像从来都不会对外界有一丁点儿的好奇似的。想想也是，谁会冒着必死的危险只为满足自己的好奇心呢？

所幸，她本身就是个靠各种毒和药吊着命的怪人，除了她自己身上那种痛死人的病，这世上再没有什么毒可以伤她的了。

离睢掀被下床，只见秦宛正和岳泠澜一起坐在桌边，一副言笑晏晏的样子，她瞥见离睢，立时止住了声音。

离睢蹙了眉，他们坐得很近，岳泠澜眉目温和地注视着秦宛，而秦宛脸上的红晕尚未褪去。

她不知他们说了什么，但眼睛却像是被什么东西刺了一下，酸酸涩涩的，很不好受。

岳泠澜没有回头看她，只对秦宛道："怎么不继续？你讲的故事很有趣。"

秦宛斜了离睢一眼，笑道："公子当真爱听？"

岳泠澜语声温柔："爱听。"

离雎咬了咬唇，握上他的臂："我说了，这村子有古怪，你别跟她太过亲近，我们赶紧离开才是。"

岳泠澜拂落她的手，冷冷道："我知道你想走，我也累了，你若再要走，我绝不拦你。"

秦宛接口劝道："离雎姑娘，岳公子是怎么待你的，你心知肚明，却不好好珍惜，还……"她委屈地说着，又瞥了岳泠澜一眼，"还问我，要怎么才能离开秦家庄，怎么才能想法子撇开岳公子，这怎能不令他伤心呢？"

离雎扶住了桌沿，才勉力支撑住身子，她轻嗤一声，看向秦宛："这么快就不叫我夫人了？"

秦宛一怔。

她又对上岳泠澜的视线："你信她却不信我？"

他不答话。

她自嘲地一笑，回屋关上了房门。

岳泠澜的指尖在桌上轻轻敲了敲，秦宛反应过来，见他的一张脸清雅如月华。

他说："不用理她，我们出去走走，好吗？"

怎会不好？秦宛早已迷离了眸色，只知忙不迭地点头。

她亦步亦趋地跟着岳泠澜走在村中小径上，觉得心底描画了许多年的美梦就要实现了。秦家庄终于来了一个神一般的男子，他一定可以破除她身上的诅咒，一定可以。

岳泠澜停下脚步，秦宛险些撞上他，忙退了一步。

不想他却走上前，目光如水地望着她："秦姑娘，先前说到自你出生以来，从未有外人进入过秦家庄，是吗？"

秦宛面露羞涩："嗯，是的……但我爹在世时曾说起，二十多年前，他曾在边界处遥遥见到过几个别样装束的人，他不敢靠近，躲了许久，等那些人不见了，他才回的家。如果我爹不是说着哄我玩的，那那些人很可能就是住在花海另一头的人了。”

岳泠澜更近一步，声音越发柔和：“你方才还说，你身上有我一直想要的东西，是什么？”

秦宛仰起头，媚眼如丝：“公子说的那种叫‘睨天’的药啊，您不是一直苦寻无果，惹得您师父很不高兴吗？我敢说，这种药，全天下，只有我知道在哪儿。”

夜色渐深，离雎裹着被子坐在桌边，抱着第三碗酒酿圆子。

岳泠澜把这一大盆都放在她触手可及的地方，还很贴心地盖上了个罩子，所以当她憋着气坐下嚼圆子的时候，齿间的香甜和温热依旧分毫不减。

她一想到此时岳泠澜和秦宛可能有的种种亲密，就忍不住往嘴里塞一大勺圆子。他做得这样好，甜而不腻，滑糯软香，她才不会跟自己的肚子过不去呢。

女子特有的轻盈脚步由远及近。

离雎自顾自地吃着酒酿圆子，直到秦宛在她面前大力放下了一碗热气腾腾的汤药，“砰”的一声后，她才擦了擦嘴，托着腮扫了秦宛一眼。

秦宛也不废话，把那碗汤药往离雎眼前又推了推：“喝了它。”

离雎浅浅一笑：“是用那种花熬的？”

“聪明，”秦宛俯下身盯着她，“这种花，一朵就能要人命，我亲眼看见你被它扎伤，可你现在却什么事儿都没有，这实在太叫人生气。现在你手边的这碗汤，熬进了整整一簇花，我不信你有通天的本事，喝完它还不死。”

“可我为什么要喝？”离雎抬眼看她，笑容渐深，“你该知道，他与你不过是逢场作戏，也该知道，论武，你不是我的对手。”

给岳泠澜上药时，她便告诉他，她想过了，决定了，她要和他在一起，长长久久的。她还说，这村子诡异，尽早离开才好。

当时，他抚了抚她的脸，告诉她有关不思珉的事。她知道，他此行有寻找不思珉的重任在身，且时间紧迫，他在追她到秦家庄的边界时，在那儿发现了慕颜洲之人留下的痕迹。越过那些重重叠叠的花障，或许就能找到至关重要的线索。

她想帮他从秦宛口中得到更多有用的信息，所以，她配合他，演了一出戏。虽然明知是假，可看着他对别的女子假以辞色，她还是吃醋了。这才晓得，她对他的占有欲已经到了什么地步。

现在，岳泠澜应该已经知晓，那些痕迹是否真的和慕颜洲有关了吧？

“别以为我不知道你在想什么，”秦宛神情阴鸷，“你一定是在想，岳公子已经知道了他想知道的，现在是时候把我一脚踢开了。”

她掐住离睢的下巴：“我知道，他对我和颜悦色，都是装出来的，我也知道，他现在必定是去那边界处，研究他想要知道的东西了。可是那又怎样呢？我不在乎。只要你死了……”

“即便我死了，”离睢甩开她的手，“他也不会喜欢你的。”

“我不需要他喜欢我，我只要他和我在一起就可以了！”秦宛的眼中闪着近乎癫狂的光，“你知道我是什么人吗？你知道他对我来说意味着什么吗？”

未等离睢出声，她便急急接道：“我是天匿族族长之女，我们这一整个秦家庄都是天匿族人，你听说过吗？”

离睢脊背一凉，她这才留意到，灯下的秦宛，没有影子。

古书记载，天匿族，传说是女娲造人时的瑕疵品，因为泄露了天机，而遭到惩罚。天匿族人貌美异常，生而无影，随着年龄增长，他们每天的睡眠时间也会相应延长，最终进入长眠，融于天地，彻底消逝。

他们通常都活不过三十岁，破除诅咒的办法只有一个，就是和普通人结合，可秦家庄避世离俗，外人不知此地，这里的人又囿于毒花无法外出，只能族内联姻，一代代地重复着悲剧。

“现在你知道，为什么我们全村都没有老人，为什么我必须要留下他了吧？我不想死！我不想和我爹一样，只能陪自己的孩子短短一程，我有错吗？”秦宛咆哮着。

离雎不禁觉得她也有几分可怜，温言道：“秦姑娘，你的境遇我也很同情，但这世上唯有感情无法勉强，你若愿意，我可以想办法，和他一起帮你们离开这儿，这样你就能遇见真正属于你的人了。”

“他就是属于我的人！”秦宛歇斯底里，“我好不容易等到了他，他是老天爷赐给我的，是你在跟我抢，是你见死不救！”

她颤抖着手，拿起汤药便想往离雎嘴里灌，离雎冷笑道：“若我执意不喝呢？”

秦宛停下动作：“你若不喝，我便让他喝，既然我得不到他，不如毁了他！”

“他不会喝的。”

“他会的，”秦宛森然一笑，“你可能还不知道吧？除了那道边界，我对他而言，还很有用，在得到他想得到的东西之前，他怎么会拒绝我请他喝碗汤这样的小事儿呢？我知道我们全族的秘密，也只有我，知道他一直想找的药是什么。”

离雎的指甲掐进了手心：“什么药？”

“你看，”秦宛放肆地笑了，“他都没告诉过你他要找一种药吗？他可是都告诉我了呢，他说他找了它许多年，历经艰辛，这药对他非常重要，甚至逾于性命！”

这种药，对岳冷澜而言，真的，这么重要吗……

离雎想起，岳冷澜还告诉她，白天她跑出厨房的时候，其实他已有所觉察，他一直跟在她身后，看着她在边界处犹豫不决。她大概永远都无法体会，当她迈进花丛的时候，他心里是怎样刀割般的痛楚，而当看见她拔下凤尾蕨的那一刻，他心里又是怎样欣喜若狂。

她笑着问他，如果当时，她不回头呢？

他说，他会让她走，只要那是她的愿望。

她问：“那你的愿望呢？”

他静静地看了她许久，轻轻道：“那不重要。”

那一刻，她心神慌乱，简直无所适从，但现在，当她面对秦宛时，她清楚地发现，在她心底，他有多么重要。

眄天，她不知道这是种什么药，但她此刻知道了，那对他非常重要，那是他的愿望。

既然这样……她伸出手，端起了那碗依然冒着热气的汤药，一饮而尽。

世界顷刻颠倒。

离睢跌倒在地，眼前一片漆黑，千百种细碎的虫鸣声在她脑中推挤穿行，她连眼皮子都抬不起来，可意识还是清醒的。

秦宛扼住她的脖子，讶道：“你到底是什么人？这么一大碗灌下去，你竟然还不死？难道……那些毒花对你没有效？”

离睢额上起了密密的冷汗，如果她此时说得出话，她一定要当面骂秦宛个狗血淋头。什么叫没有效，你没眼睛的吗？没看到她连说话的力气都没有了吗？这花对她而言是没有毒性，但麻痹的作用简直是绝了，她现在觉得，除了脑子，身体没有一处是自己能控制的。

秦宛的眼中浮起一抹狠戾的光：“看来你一时半会儿还死不了，那我就带你去个特别的地方，”她松开离睢，“你不是很想知道，后屋里关着的是谁吗？”

离睢被秦宛拖进了一个散发着腐败气味的暗室，她被像丢麻袋一样地扔在地上，顿时一阵激灵。这儿太过潮湿阴冷，她本来完全不能动弹，现在却因为刺激恢复了一丝知觉。

她不动声色，环视了这间屋子——角落里，竟吊了个蓬头垢面的彪形大汉，他的手脚都被铁链锁着，身上臭气熏天，没有一处是干净的。他还活着，而且似乎是一副睡着了的模样，所以才没有像白天那样发出震耳欲聋的吼叫。

秦宛嫌恶地看了那男子一眼，又踢了离睢一脚：“看见了吗？按血缘来说，他算是我的亲哥哥，可是他一出生就是个空有一身蛮力的疯子，不知道给我们家惹了多少破事儿。我爹活着的时候，还好吃好住地供着他，我可没那么多闲工夫。”

离雎哑着嗓子，艰难开口：“这样对待自己的亲人，你才是疯子。”

秦宛揪住离雎的衣领：“我这不是给他送人来了吗？等你们生米煮成熟饭，天匿族能活下去的可就不止我一个了，你瞧，我这个妹妹多够意思，给他找了个这么漂亮的媳妇儿！”

离雎懒得浪费力气，她做出一副悉听尊便的表情，放在暗处的左手慢慢往腰侧探去。

秦宛越说越兴奋，她拍醒那大汉，解开他身上的铁链，又对他说了些什么……离雎的手刚触到腰侧，身上便重重一沉，一股难以形容的浊臭将她紧紧包围，她极力别过脸去，几近昏厥。

那大汉大张着口，涎水四溢，他浑浊的眼在靠近离雎白皙的脖颈时骤然睁大，紧接着，他发出了野兽般的低吼——他的肩上，插进了一把寒光凛凛的匕首。

离雎喘着粗气，将那匕首用力拔出，鲜血喷涌，那大汉号叫着滚到一边，秦宛呆了一瞬，随即也扑上前来，离雎反手又是一刀，划过她的腹部。

秦宛按住伤处，恨声道：“你敢杀我？”

“废话！”离雎颤着身子，“难道我要等着你来杀我？”

她挣扎着想要坐起，秦宛却一把按住她，边按边喊着那大汉过来，那大汉哇呀乱叫着冲上前，粗暴地撕开离雎的衣服……

可怜之人，必有可恨之处。

她此时知觉不敏，动作迟钝，若被剧痛一激，大概能恢复几分。想到此处，离雎握紧了匕首，往自己臂上刺去……

一道寒光闪过。

离雎的匕首被什么打落在地。

转瞬，她被拥入一个再熟悉不过的怀抱。

鼻尖萦着淡淡的冷香。

“乖……”那个一贯清冷的声音为什么也在颤抖？他吻着她的发顶，手掌一下一下温柔地轻抚着她的头，一遍遍地重复着，“不怕，没事了……”

她抓上岳泠澜的臂，终于哭出声来。

不知道为什么，喝下那碗药的时候，被带到这个鬼地方的时候，哪怕是被那个肮脏的男人压在身下的时候，她都没有想哭，可他来了，即便只是刚刚听到了他的声音，她就已经忍不住泪流满面。

原来她也是害怕的，她怕疼、怕死，她只是一直绷着，可见到他的那一刻，她紧紧绷着的那根弦断了。

他一面帮着她整理好衣服，一面柔声说着些安慰的话，她偎在他怀里，泣不成声。

泪眼蒙眬中，离雎抬头看他，只见他的紫眸中，暗流涌动。

极致的美人，都是带有杀气的。

耳朵被他轻轻捂住，离雎闭了眼，可依然有凄厉的惨叫声飘了进来。

秦宛和那大汉，被岳泠澜的两道气劲横贯全身，不用看也知道，他们被钉死在了地上。

离雎没有阻止他，她知道，他此刻心中绞痛犹如千刀万剐，现在不过是杀两个罪有应得的人，太轻了。

她有千言万语想对他说，可话到了喉咙口，却化成了讷讷的一句：“找到有关不思珉的线索了？”

他摩挲着她的发：“嗯，找到了。”

她突然想起了什么，懊恼起来：“还有那种药呢？秦宛死了，那种药怎么办？真不该杀她的……”

他一顿，很是茫然的模样：“什么药？”

她也愣住了：“你不是一直在找一种很重要的药吗？秦宛说的……”

“没有的事，她骗你的。”他眸色幽深，将她抱得更紧了些，“还难受？”

离睢点点头，又很快摇了摇：“不疼，就是……身上还是麻麻的。”

他笑了，吻去她的泪：“那怎么哭个不停呢？”

离睢也委屈了：“我也不知道为什么，一见到你，就哭了……我知道，好女孩儿不该老是哭的……”

岳泠澜心里一疼：“不对，好女孩儿就应该在我面前哭，不要一个人偷偷躲起来哭……”他像哄孩子似的拍着她的背，“小玉钩，你记着，你可以软弱给我看，可以哭给我看……”

听他这样说，离睢倒有些不好意思起来，她止住了抽泣，便要去捞那把被他打落的匕首，他皱了眉，却还是替她捡了起来，塞到她手心里。

“这玩意儿有什么好捡的？”他嘴上抱怨着。

“这是墨师兄给我的匕首，防身用的……”

她一句话还没落地，唇已被他轻轻咬了一下，她怔住了，脸颊顿起绯红，他却很满意地凝视着她：“真丑。”

“什么？”她摸摸自己的脸，难道她这个模样很丑吗？

他又把她按进怀中：“我是说那匕首，真丑。”

离睢笑了：“你还敢嫌弃它，要不是它，我或许都撑不到你来……”话方出口，她意识到了什么，忙闭了嘴。

他却刮刮她的鼻子：“又哭又笑，小猫上吊。”

然后，他的气息酥酥麻麻地氤氲在耳边：“对不起。”

对不起，我来晚了。

还好，你没有事。

“其实，你再晚来一点儿也不要紧的，”她在他怀中小声道，“如果你还没来，我就在自己身上扎一刀，这样我就能清醒过来，他们就不是我的对手了。”

她是在安慰他，他却越发听得心惊肉跳，这是他竭尽全力不想她受到一丁点儿伤害的小姑娘，可就差一点儿……

他后怕起来，全力箍住她："为什么要那么听话，为什么要喝那碗东西呢？"

"哎呀，"她低了头，嘴硬道，"我喝那碗药，是因为我知道天底下什么毒对我都没有用的，你放心好了，我才不会为了你去死呢……"

她想给他争取足够多的时间，让他能知道更多有关不思珉的消息，除此之外……她也害怕，若她不听秦宛的，那碗药会不会真的被他喝了。他再厉害，也不会和她一样，百毒不侵吧？

"那就好。"他碰了碰她的额，打横抱起她，走出暗室。

屋外，站了满满一院子的人。

朝霞初露，这些庄人面白如纸，形如鬼魅，手上是还沾着泥的锄头斧子。

岳冷澜唇角微勾，刚要动手，衣袖却被离睢轻轻拉了拉。

"别伤人性命，"她伸手搂住他的脖子，"他们本就活不长，再者，也不是他们伤的我。"

"好。"他应着。

他又一次真真切切地感受到，他的小玉钩回来了，她一直都没有变，善良，却有度。

他使了轻功，即刻穿过人群，往庄外奔去。

那群庄人追至边界，原本沉默的人群中突然有人狠狠道："你们走得了吗？"

霞色中，那片花海比之前所见的更为妖异，密密麻麻望不见边际，任岳冷澜轻功再好，也飞不过去。

可如果被那些毒花刺伤……

离睢不敢再想。

她此时仍浑身僵硬，窝在岳冷澜怀中难以动弹，正绞尽脑汁地想着办法，却听他轻笑一声。

她心头霎时涌上不祥的预感。

他没有留给她反应的时间，只将她抱得更高了些，紧接着，转身走入花丛。

毫不犹豫，也没有任何功法加持，他就这样径自走了进去，步步沉稳，好像面对的不是一片死地似的。

身后响起那些村人不可思议的吸气声，离睢心上一凉，却不知自己能做些什么。

她除了听着他有力的脚步，还有那些花刺入肉的“呲呲”声，别无他法。

离睢不知道，岳泠澜的耐力和意志究竟有多厉害，直到天光大开，他们才走出这片该死的妖花,他抱着她的手却没有哪怕一丝一毫的不稳。

她终于完全恢复了知觉,从他怀中下来,他这才敢松了手,脚步一乱。

她忙扶住他的腰，抱着他将他慢慢放到地上，他任由她摆布着，安静得令她害怕。

拜那些毒花所赐，他膝上腿上都是伤痕，时间久了，血早已不会汩汩地往外流，只在他的白衣上凝成了暗红。离睢看得眼中发热，她小心地把手从他的腰际挪开，移到他背上……她好不容易才调整好姿势，可一摊手，却看见了满手的濡湿。

他的背上，为什么也有伤？

离睢咬咬牙，撕开他背上的衣服，他终于闷哼一声，她却怔了怔，随即是排山倒海的惊痛。

岳泠澜的背上，新伤旧伤缠成一团，已经分不清了。那些新伤，大概是从崖上下来，一路为了保护她，被尖利的碎石割破的，而那些旧伤，焦黑斑驳，竟像是被火灼伤的……

她忘了哭，也不敢哭，她害怕让他瞧见自己的脆弱。如果她不争气地哭了，他势必还要来安慰她，她怎么可以再让他为自己忧心呢？

她的手悬在岳泠澜的满身伤痕之上，微不可见地颤抖着，究竟是谁伤的他？她若知道，必定要将那个人挫骨扬灰！

她握住他的手，他的手冰冰凉凉的，那是一种死寂之地才会有的清冷。怎么办？她不知道他中的是什么毒，这儿也不是一粟海，没有医术典籍，也没有人可以帮她一把，她就这样眼睁睁地感受着手中温度一点点地流逝，却一点儿办法都没有。

之前几年游历江湖，她不是没有过感到无力的时刻，面对无奇不有的大千世界，人力的渺小让束手无策也多了几分理由。她也曾亲眼见到许多有求于一粟海的人死去，一次次地，她站在十渡身边，爱莫能助。

可是，岳冷澜是不一样的啊！那些人，怎么能和他相提并论？他才出现了短短两天，却牵动着她全部的精魄，从前的许多年，她仿佛从未活过。

她怕极了，忽地抱紧了他，她哈了气搓着他的手和脸，想让他的身体暖和一些，他闭着眼，像个乖巧的孩童。

“醒醒……”她还是哽咽了，“求你醒醒……”

该死，她还是不知道该叫他什么，他们之间，不该这样的，他们本该是这世上羁绊最深的两个人，后来，连老天爷都嫉妒了。

一定会有办法的……对了，她都没被毒死，他怎么会死呢？她突然想到了什么，掏出匕首想要割开手腕，却被谁及时按住。

岳冷澜睁开了眼，看着她拼命克制着泪水的模样。

她却急了，语无伦次地说：“血，喝我的，你一定能好！”

其实她根本不知道她的血对他有没有用，可她真的没有办法了。

他眸光温柔，出语却让她几乎崩溃，他仍不肯放手让她下刀，只轻声道：“我快死了。”

离睢心中的最后一道防线终于崩塌，她实在撑不住了，脑中似一瞬间裂开了一道幽深的缝隙，有光束喷涌而出，碎片式的陌生又熟悉的场景走马灯般地飞舞旋转着，她头痛欲裂，再看向岳冷澜时，已是满目悲恸。

她扑进他怀里，喊破了声音，她紧紧攥着他的手，声嘶力竭地唤他：

“小山！”

她终于想起来，该叫他什么了。

她的额抵着他的，她的青山玉坠和他的红月玉坠交缠在一起，和从前的千千万万次一样。

那时，岳泠澜还未长高，就已经喜欢变着法儿地捉弄她，她昂着头和他顶嘴，说：“‘岳’是高大的山，你长得跟棵豆芽菜似的，顶多是座小破山！没错，破小山！烂小山！臭小山！坏小山！”

她并未想起全部的事，可即便只想起来这一丁点儿，她觉得已是万幸，因为这一丁点儿，就是那样美好。

她没有看见，岳泠澜的眼睛，一刹那光芒大盛。

离雎在花海的这一头肝肠寸断，而与此同时，另一头，死了族长之女的秦家庄和以往没有任何区别。

庄人麻木地重复着日出而作，日落而息的生活，毕竟对他们而言，死亡的阴影与生俱来，在他们短暂的生命中，早已见怪不怪。

他们生来注定活不了多久，但天匿族依然能延续下去。

秦宛和她的哥哥被草草掩埋，坟土一锹锹地掀起落下，堆土的庄人面无表情，他只想快些埋完，好早点儿回去过自己的生活。

一只纤纤素手压住了他的铲子。

这个庄人抬起头，尽管见惯了美貌的族人，也遥遥被岳泠澜和离雎的风华震慑过，可在见到这个光彩夺目的绿衣少女时，他还是晃了晃眼。

又是一个极其特别的不速之客。

阿筝瞄了眼身旁的新坟，笑道：“刚死了人？”

那个庄人听出她语中的不屑，瞪了她一眼。

“啊，算我错啦，”她蹲下身，讨好道，“这位大哥，告诉我，你们这儿遇到什么事儿了？”

见他依然不愿开口，阿筝眼珠一转，哭丧着脸道：“我从那么高的崖上下来，又是河又是沼泽的，好不容易才找到个有活人的地方，大哥你就行行好告诉我，你们遇到了什么事儿？”

那庄人的铲子一顿，恶狠狠道：“来了两个庄外的，害死了我们的人！”

阿筝眼神一凛：“是不是一男一女，长得很好看的两个人？他们还在这里吗？”

“呸！他们死定了！”那庄人并未留意到她语气的转变，“那片毒花够他们死一百次了！”

“毒花在哪儿？”阿筝低头玩着手指，语声轻柔。

那庄人晕乎起来，给她指了个方向。

阿筝起身，看着他笑弯了眼，却一句话也不说。

那庄人正捉摸不透她的意图，脖上一凉，倒地的那一刻，他依然瞳孔圆睁。

长离三劫从阿筝背后走出。

阿筝没有回头看他们，只笑道：“阿鹤，和我去看看那所谓的毒花是什么玩意儿，阿血阿碧，这个村子就留给你们玩了。”

“是。”三个人齐齐应道。

阿筝又看了眼四周的墓群：“玩够了就都杀了吧。”

血琉璃和舞草对视了一眼。

阿筝笑得越发瘆人：“这里的人，一个不留。”

第九章
何必称抉择

一个原本黝黑阴冷的山洞，因着中央这一个噼里啪啦燃着的火堆生出了几分暖意。

岳泠澜被离雎安置在火堆旁边，他不言不语，只柔和了眉眼，看着离雎为他忙前忙后。

这丫头手上不知疲倦地动作着，一会儿往他的伤口处敷上新鲜的草药，一会儿在他背后垫起更多的茅草，嘴里还絮絮叨叨地和他说着话。她把这些年行走江湖除强扶弱的事儿颠来倒去地说，好像只要她说个不停，他就会一直听着，不会……闭起眼睛似的。

他撑着眼皮，时不时地回她一句，她有了些动力，可不多时，又垂下头来。

为什么这么快就讲完了呢？在一粟海这么久了，值得记住的事儿怎么都不及和他在一起的这两天来得多？

离雎往火堆里又丢了点儿茅草，转而问岳泠澜道："有没有暖和一些？"

岳泠澜望了望洞壁，出语很是凄凉："我怕是不行了，要是在死之前，能听你像小时候一样喊我一声，也算是无憾了。"

离雎被他的伤势唬得心绪大乱，早已失去了分辨能力，忙止住他道："你乱讲什么，什么死不死的……"

她挪到他身边，想了想，还是红着脸问："我小时候，叫你什么？不是小山吗？"

他转而望着洞顶："你离我这么远，我说了你也听不见。"

这还远啊……离睢看了眼自己和他之间的咫尺之距，好脾气地又往前靠近了他几分。他是病人嘛，这么小的要求能满足就满足了呗，总不能让他再动气。

反正……她才不会承认，她也很想离他近一些呢。

不过，真的不能再近了，再近，就要鼻子碰鼻子……嘴对嘴了。

他还是不满意，朝她张开双臂。

离睢无奈，只得避开他的伤势，轻轻偎进他怀里。

他这才肯回答她："你每回有求于我的时候，可不是叫我小山的。"

"那，我是怎么叫你的？"

他一手穿过她的发，一手抱住她的脖子，在她耳边拉长了声音，呢喃道："冷——哥——哥……"

她心跳漏了一拍，心底最深处，像是被谁挠了一下，连带着浑身都酥了起来。

"那好吧……"她把头埋在他胸前，软软道，"冷哥哥……"

耳边响起他无比畅快的笑声，笑得……很是中气十足。

离睢清醒了几分，她抬起头，瞧见了他眼中不加掩饰的得意。他这个模样，横看竖看都不像是快要死了。

岳冷澜心情大好，却仍不忘逗她："有什么话想对我说吗？有就快点儿说，不然我死了就来不及了。"

离睢忍不了了，控制着力气捶了他一下："一直嚷嚷着死死死的，喊了这么久，也没见你死啊！"

她想起身，腰间他的手却加重了几分力气，她无法，只得继续被他拥着，听他道："我也才想起来，世间鲜少有毒物可以伤得了我的，那些毒花怕是还没到火候，所以，我也只是感到腿麻，并没有中毒。"

离睢强忍着要打他的冲动："你这个'才想起来'，到底是什么时候？"

岳冷澜老实答道："第一次看见那片毒花的时候。"

“……你为什么可以百毒不侵？”

“我身上除了生来带着的香，还有一种，是日南郡的珍品，叫千步香，这种香可以避退大多数毒物，”他以为她感兴趣，“等我们回了崖上，你会见到一个姓唐的女子，她身上也有这种香，若你喜欢……”

“别的女子身上的香，我有什么好喜欢的？”离睢白了他一眼，并不领情：“所以，其实你带着我往那边跑的时候，就想好了我们可以成功出去，是吗？”

他一脸无辜：“是啊，怎么了？”

怎么了？所以你明知自己不会有事，还装病装痛装快死了，看着我为你提心吊胆五内如焚，然后心里乐开了花？

什么人哪这是！

见离睢脸上起了隐隐的恼意，岳泠澜将她松开些，认真道：“往那片花丛里走去时，我心里并未有十足的把握，这是真的，想你好好的，别受伤，别难过，这也是真的。”

“可我还是难过了啊……”离睢有些哽咽，她看着他衣上的斑斑血迹，这样干净的一个少年，为她变得这样狼狈，她怎么能不难过？

他却以为她真恼了她，忙捧了她的脸哄道：“对不起，都是我不好……”

她摇了摇头，她本就不是矫情的女子。

看了他一眼，她低低道：“当时看你脸色那么苍白，手也冰凉，真怕你出事。”

“没事的，我就是闭了会儿气，”他不知死活地解释道，“早知道你会这么担心，我就少闭会儿了。”

离睢默了会儿，她真不知道是该哭还是该笑，只轻骂道：“无赖。”

“嗯，我无赖。”他也笑了，“还有，你小时候叫我泠哥哥的事儿，也是真的。”

离睢脸上热了起来，先前因为他受伤，心底没了诸多避忌，只想着该如何救他，可现下得知他并没有危险，他二人到底是孤男寡女，这般亲昵，总是不太妥当。

她毕竟，并没有想起和他更多的过去。

她真害了臊，试着从他怀中起来，他没有再勉强她，却垂眸问道：“让我再抱一会儿好吗？”

她微怔，他生怕她不自在，忙补充道：“我是觉得你一直奔前忙后的，一定累坏了，反正我现在腿麻着……你可以靠着休息会儿，我没知觉的……”

见他难得地编了个拙劣的理由，离睢实在舍不得拒绝他，她乖乖伏在他怀里，许久，嗫嚅道：“其实，我的确有话想和你说。”

岳泠澜抚着她发丝的手顿了顿，他不出声，静静地等她说下去。

她似乎想了很久，才鼓起勇气，拽着他的臂道：“你以后不许跟别的女孩儿那样亲密，即便我知道那是假的，可我还是很不高兴……反正就是不许……”

她连说了两次“不许”，再也没想她和他现在究竟算是什么关系，她凭什么不许。她只是脱口而出，带着点儿微微的娇憨和任性，他却很是受用。

没想到她还惦着他对秦宛的那几句温和言语，这个小心眼的姑娘。

他伸手包住她的小手，紫眸弯起：“好。”

秦家庄的边界处，火势熊熊而起，阿筝往大火里添了把柴，拍拍手上的灰道：“避毒丹拿来。”

站在她身旁的鹤顶仙恭敬地递上了一个白色的小瓶。这会儿工夫，长离三劫已将这片毒花的药性研究了个透，既然没什么利用价值了，便依照阿筝所言，烧了省事儿。仔细想想，此毒花虽稀奇，但长离宫常年以毒为乐，这一瓶看似不起眼的避毒丹，足以解开这种花毒。

只是……鹤顶仙犹豫了一会儿，还是大着胆子道：“不思珉本就是慕颜洲之物，我们想要得到已是十分艰难，若岳泠澜真的中了毒不是更好吗？您为何还要救他呢？”

阿筝冷笑，冲她飞了一记眼刀：“我做事，什么时候轮到你们来管？”

鹤顶仙退了一步，连连认错，阿筝不耐烦地止住她，道：“他对我还有用，听明白了吗？”

血琉璃玩着头发，笑了一声：“听明白了，您绝不是因为舍不得他才留着避毒丹的。”

阿筝转过身，唇边带着淡淡的笑意，她搭上血琉璃的肩，笑意渐深，血琉璃却脸色一变。他躬起身子，疼得大汗淋漓，连求饶都没了力气。

阿筝的五指依然锁着他的肩胛骨，她嫣然一笑：“便是我真的舍不得他，又怎样呢？”

血琉璃哀哀喊着“不敢”，舞草和鹤顶仙也忙上前帮他打了许久圆场，阿筝这才缓和了脸色，丢开他道：“化萤珠的账都还没跟你们清算，就敢对我指手画脚，你们记着，帮着把不思珉弄到手才是你们的任务，至于我的打算，无须向你们交代！”

三个人连声称是。

阿筝收起避毒丹，转了话锋：“长离一切可好？我此番出宫须费些时日，切莫出了乱子。”

舞草笑得谄媚：“您请放心，宫主在呢。”

阿筝不再管他们，眼前这一片烟雾飘摇不定，不知岳冷澜此时又在哪里，在做什么。

“你在做什么？”岳冷澜实在忍不住了，刚想回头，离睢就一爪子挠了过来。

她挡住他的眼不让他回头：“哎呀你别动嘛，一会儿就好了。”

可是，真的很难忍啊……她解了她那根发带，青丝如瀑般飞流直下，落在他的背上，凉凉的，让他心头发痒。

她浑然不觉自己无意识的行为对他的定力是多大的考验，只顾埋头继续着自己的好主意，良久，才满意道：“好了！”

他回过头，待看清自己背上的情状，默了默，尽量把声音放得与往常没什么不同："……蝴蝶结……"

"怎么样，好看吧？"离睢显然对自己的手艺十分满意。

岳泠澜很想维持表面的气定神闲，可是……他一个大男人，背上的衣服被她在验伤的时候撕开，这本不是什么大事儿，她却一心觉得这样破着衣服露着伤不好，说什么都要补救，补救的办法，就是用自己的发带把他的衣服打了个结扎在一起，还是个蝴蝶结……

岳泠澜努力了很久，还是没法昧着良心回她一句"好看"，他抿了抿唇，字斟句酌："而且是……红色的……"

离睢拉下了脸："怎么了？那我只戴了红色的发带嘛！你该知足了，本来我出门前是想系粉色的！"

岳泠澜不敢再说，就着离睢的搀扶站了起来，其实他的知觉已经完全恢复，现在不过是想多装会儿体弱，毕竟离睢的手那么柔软……

"在想什么？"离睢见他直勾勾地盯着自己的手，有些好奇。

他忙收回目光，轻咳一声："你。"

"……登徒子！"离睢红了脸，嗔了一句，心底却还是牵挂着他的伤，不敢放开手。

岳泠澜却微凝了神色。

时间不多了。他之所以和离睢离开秦家庄，不全是因为那些突发的事，即便没有秦宛从中作梗，他也是想着等离睢休息好了便带她穿越边界，到这里来的。

这里看上去和一般的荒郊野外没什么不同，乱石嶙峋，杂草丛生，全无人迹。可从边界处一路过来，他分明见到了越来越多的慕颜洲门人曾留下的痕迹。

说起来，这还得感谢阿筝的术法，若不是她，这些痕迹隐在旧土之中，便是不思珉的所在就在眼前，他也无从发现。

洞外天意旷远，岳泠澜和离睢行走在这片荒凉的野地上，寻着可能有关不思珉的踪迹。离雎对不思珉的了解全部来自岳泠澜，她不清楚这究竟是何物，更无法看见岳泠澜能轻易察觉的痕迹，可她只是跟在他身边，便感到无比心安。

他是无所不能的，她无端地坚信这一点。

她被他拉着手登上了一座高耸的土丘，见他不再行动，她轻触他手心，道："怎么了？痕迹断了？"

他微拧了眉："不是断了，是越发清晰明显。"

痕迹越来越明显，说明曾经那个或者那些慕颜洲的门人一路走来，便是停在这附近进行了频繁的活动。事实上，在来寒潭之前，岳泠澜已经和阿筝一道探访了萱城各处可能的踪迹，却一无所获。也就是说，排除了那些不可能，相比别处，在这个陌生的地方发现不思珉的可能性要大得多。

离雎望了望四周，这土丘之下，连树木都稀疏起来，遑论人烟，怎么看都不像是个能藏东西的地方。不思珉无论有怎样奇特的功效，说到底都是块经年累月被人有心珍藏的美玉，若拥有不思珉的是她，她会将它藏在哪里呢……

即便不是藏在家中，也一定会藏在一个离家近的固定位置，她可以时时见到，时时拿起，时时保护，所以……

"如果这儿真的像你所说，痕迹比其他地方都要引人注目，不思珉倒的确有可能在这附近，并且，按照常理，这里应该有人的居所才对。"离雎俯下身，趴在土丘边缘往下看，隔着疏疏朗朗的一道天堑，草木深处，隐约有一个黑色的小点。

她定睛仔细一看，兴奋起来："小山你看！那儿是不是有一个竹屋？刚才我们站着，这地方就成了盲点，所以我们才没有发现！"

她盯着那个小点，伸手想拉岳泠澜，却反被他一把揽入怀中，她这才意识到，身下的土丘，在以迅雷不及掩耳之势土崩瓦解。

烟尘四起，乱石穿空，轰隆声在耳边一刻不停地炸开，似天崩地裂。

岳泠澜护着离雎的头，又掩住她的耳鼻，二人一路翻滚而下。

不知过了多久，耳边的嗡鸣声才渐渐平息，身下的土地也不再颠簸。岳泠澜刚平顺了呼吸，怀中却有只小手不安分地探出来，他冷着脸把它摁回去，轻斥道："别逞强！"

他以为离雎是想反过来保护他。

怀中的声音却带了十二分的苦恼："不是啊，你抱得我透不过气了……"

好吧，和她在一起，总免不了自作多情。

岳泠澜放开她，气氛一度有些尴尬。

可……离雎很快就"扑哧"一声笑了起来。

经过这接二连三的折腾，岳泠澜衣衫破损不说，灰头土脸的，哪里还有初见时那副神气的样子？

岳泠澜替她掸掉身上的土，没好气地道："还笑，你又能好到哪里去？"

是啊，她现在不也是披头散发，满面尘土？她晶亮着眼神瞄他一眼，笑得更放肆了。

看她笑，没什么缘由地，他也笑了，他俩都这样狼狈，好像……也很般配。

"岳泠澜！"破空一声大喊。

只见前方不远处，踉踉跄跄地爬起了一个绿衣女子。

离雎一瞬间厉了眸色。

阿筝又惊又喜，朝岳泠澜扑了过来，岳泠澜刚想躲开，离雎却赶在他前头，拦住了阿筝。

"你眼睛不要飞来飞去的，他不给你抱。"离雎生硬的措辞落在岳泠澜眼中都成了可爱，他弯了眉眼，眸子里全是笑。

阿筝不自觉地刺痛了眼。这些日子，她和他相处的时间也不短了，她见过他各种模样，嘲讽的、冷清的、柔和的，甚至脆弱的，却从未见过他笑。

但他为什么能这样无休止地在这个女子身上消耗着他的温柔和笑意？她费尽心机都无法让他为她舒展一下眉头，为什么这个女子就可以轻而易举地得到他这样珍贵的笑容？

他们才认识了多久啊？即便如汐回所说，她真的是离睢，那又如何？既然消失了六年，为什么还要回来？

阿筝握紧了拳，刚要开口，离睢又道："我认得你，你想杀我。"

闻言，岳冷澜总算看了阿筝一眼。

看着他眼中溢出冷意，阿筝不好硬碰硬，放软了声音道："那是因为当时汐回在崖下，周围就只有你，我自然以为你是想害她，我是为了救汐回！"

她嘴上柔声细语，手指却暗暗捏了个起势。

这个起势……

离睢摇头道："你是长离门人？那我不杀你。"

阿筝嗤道："笑话，你杀得了我吗？"

见她如此蛮横，离睢也有些气不过，她心上一合计，反倒甜甜地笑了："小山杀得了你就行了，是吧小山？"

打蛇要打七寸。离睢早已瞧出阿筝对岳冷澜的心思，既然阿筝这样不知好歹，那她也不必客气。

果不其然，岳冷澜十分配合地点头笑道："是。"

小山，这又是什么鬼称呼？才几天时间，他们怎能亲密至此？

阿筝怒极反笑："岳冷澜，你别太过分，别忘了现在我们还是盟友，若不是我，你找起不思珉有这么容易？再说，你知道我有多辛苦才找到你吗？你……"

"对了，"岳冷澜敏锐地抓住了什么，"你是怎么找到这儿的？"

"是……"她眼神飘忽起来，苦着脸道，"算了，跟你说实话好了，是阿鹤帮我处理了那些毒花，我才能过来的。"

"长离三劫？他们又为何会在萱城？"

阿筝腹诽了一番岳冷澜的追问："汐回就是遇上他们了，也怪汐回自己倒霉，被他们当成柳非暮的妹妹，想捉了她来要挟柳非暮。"

"这分明是你们长离宫的人不讲理，随意轻贱人的性命，怎么能怪汐回？"离睢从他们的对话中听出当日那个被她所救的少女叫作汐回，她很是不满阿筝的逻辑，又道，"而且，柳非暮身上又有什么宝贝，值得长离三劫这样劳心？"

阿筝刚想堵她的话，念及岳冷澜在离睢身边，说狠话怎么看都不是好时候，便收敛道："好像是找什么化萤珠，不过这玩意儿是什么，我就不清楚了。"

她本想再说些什么，却瞥见了岳冷澜背后的红色蝴蝶结，不禁指着它大笑道："你还好这口哪？"

离睢有些难为情，岳冷澜拉过她的手，一本正经道："我喜欢。"

阿筝切齿道："现在已是七日之期的最后一日了，你们还有心情在这儿谈情说爱，有没有点儿大局意识？"

岳冷澜语气淡淡："长离宫的人应该清楚，这座土丘突然瓦解是因为什么。"

阿筝想也没想便道："为防外人靠近设置的机关罢了，很是普通。"

"可就是这么普通，你也没发现啊……"离睢有些无奈，努了努嘴。

阿筝按她所示的方向转过身去，只见平地之上，赫然一座竹屋，阳光之下，竟还泛着冷光。

她瞠目结舌，随即兴奋道："岳冷澜！你快看，有没有看到你想要的痕迹？"

岳冷澜并未理会她，只低声对离睢道："我先去前头看看，若一盏茶的时间我都没出来，你马上走。"

离睢哪肯依他，他沉沉道了句"听话"，便绕过阿筝往前走去。

他走得极快，离睢大步跟着还是和他隔开了相当的距离，她本就焦急，阿筝却在此时凑上前，捏着嗓子道："你就是离睢？"

“是。”离雎足下不停。

“真的假的？”阿筝轻笑。

“他说我是，我就是。”

“这么看来，你也并没有很确定嘛？怎么回事儿，走了六年，就不知道自己是谁了？”她冷哼一声，“由此可见，你这个人没什么良心，不然这六年他发疯一样地找你，你怎么能连一点儿音信都不给他？要不是你现在好端端地站在我面前，我还当你死了呢！不过，我倒是很想问你，你走都走了，还回来干吗？你跟他到底是什么关系？”

离雎脚步微滞，阿筝的问题，字字句句，都是这几天压在她心上的巨石，她确实不知，这样懵懂无知的自己，该拿什么去喜欢岳泠澜？

她低了头：“我不知道……我不大记得从前的事了……”

阿筝心中一喜，瞧这情形，她怕是失了记忆。

“那么，”她挑衅道，“你又有什么资格阻止我接近他？你凭什么？”

离雎深吸口气，她脖间的青山玉坠晃了晃：“凭他喜欢的是我。”

说罢，她怕追不上岳泠澜，索性跑了起来。

离雎几乎是冲进了竹屋，她见岳泠澜站在一张绣床前，身上没什么损伤，这才定下心来。

这间竹屋显然曾是个女子的居所，布局陈设都甚是清幽雅致，尽管四散的尘埃昭示了这里许久未住人的事实，可室内的各种物件都保存得很好。

岳泠澜迟迟没有回头。

“小山？”离雎有些担心，轻唤他一声。

他回过神，大步向她走来，揽过她的肩膀便要带着她往门外走。

阿筝靠着门，笑得阴阳怪气：“岳泠澜，你看人家的闺房不是看得很入神吗？怎么突然出来了，你在怕什么？”

岳泠澜不作声，却睨了阿筝一眼，眸中隐隐透着警告之色。

阿筝一愣，他这情形，不像是针对她，倒像是不想让离雎看见什么似的。

离睢也察觉到了这点，她想要抹下岳泠澜的臂，却被他牢牢圈住。

她越发奇怪起来，却听阿筝在身后惊叫道："离睢，这是你的闺房吗？"

她已在他们不注意时溜了进去。

"你打算就一直这样勒着我吗？"离睢有些急了。

岳泠澜一顿，缓缓松开她，她奔了进去，却在那张绣床前怔住了。

绣床并不特别，可它倚靠的那堵墙上，密密地贴着一个女子同样的小像。

画上的女子，坐在树间，似乎正在摇着叶子，也不知她看见了谁，倾国倾城的一张脸上，聚起了浅浅的笑意。

这个女子，长得和离睢几乎一模一样，除了那道月牙形的疤痕。

离睢扶着额，低叫一声，这个女子不是她，可她却好像记得这个女子，记得，曾经因为这个女子，她迎上了谁的剑锋，脸上才落下了那道疤痕。

她又想起一些零星的事了。是她的记忆出了错，她一直记得，她脸上的疤痕自出娘胎便有了，原来不是的。

岳泠澜忙上前拥住她，眼里满是心疼："小玉钩，哪里难受？"

她在他怀里泪眼模糊，抓着他的衣服道："她不是我，她是……她是宸游。"

大极事实上的末代公主，死于仙羡元年二月廿三，封号和谥号同为"清安"的，紫宸游。

"我知道我知道……她是她，你是你，瞧我们脸上的月亮多好看，她才没有呢……"他哄着她，却冰冷了眸色，看向阿筝。

阿筝一哆嗦，讪讪道："所以，这儿是清安公主的闺房？"

"不可能的，"离睢的目光在那些一模一样的小像中巡过，"她死在若清而非萱城，死时正值仙羡元年，现在已是甘平五年。她死了一百多年了，可房中的灰尘厚度却表明，这间屋子，顶多闲置了二十几年。"

阿筝不服气道："要是当初北堂家的那场叛乱并没有要了她的命呢？被软禁也好，逃出来也好，总之，要是她活下来了呢？"

"你还要强词夺理。"岳泠澜走上前，将绣床上的枕头翻出，只见那枕上竟端端正正地绣着"锦端"两个字，他又把墙上一幅已掀起一角的小像揭了下来，映入眼帘的，是挨挨挤挤的一条又一条被剪下的信纸。

离睢会意，将其他小像也一幅幅揭开，刹那间，满墙风动。

这些信纸，都像是被人从信中精心裁剪出来的，纸上保留的，只是称谓而已。

墙上右侧的称谓看起来很是亲昵——"锦端姑娘""锦端吾妹""锦端"……左侧的称谓却要生疏很多——"展小姐""展姑娘"……

信上的字迹苍劲有力，想必是男子笔触，从左到右的称谓变化，彰显了写信之人和这位收信的姑娘之间关系的步步贴近。

"展锦端。"离睢不自觉地念出了这个名字。

"有印象？"岳泠澜温声道。

离睢摇摇头："只是觉得这个名字好听，姓也少见，不过我师父的师父好像就姓展，不知这位姑娘是否和一粟海有些渊源。"

"这个人是不是跟一粟海有关我不知道，"阿筝撇撇嘴，"但这个人一定是个花痴。"说着，她打开了床头的衣柜，只见满满一柜子的各式白衣，却都是男子的款式。

信和白衣……这个展锦端，在自己闺房里极尽能事地藏着与某个男子有关的一切，真不知道她对他的思念和迷恋到了什么样的程度。

"还是个收集狂，什么东西都是一堆堆地放着。"阿筝补充道，"可是，那些小像既然是紫宸游的，便不可能是展锦端的，一个女人，自己的闺房里贴满了别的女人的画像，这也太诡异了。"

离睢倒是很高兴，她挑了件看上去最别致的白衣，转头便给岳泠澜披上了。

正好，遮一遮她系的那个风华绝代的红色蝴蝶结。

“没想到正合你的身。”她笑了，“我现在特别好奇这位展姑娘喜欢的人是个什么模样。”

岳泠澜任由她摆弄着，嘴上却哼了一声：“必定及不上我。”

“自吹自擂，”离睢戳他一下，“你检查过没有，这个屋子里，有没有你要的痕迹？”

岳泠澜神色一敛：“便是此时，便是此地。”

“那我们开始找。”离睢心知不思珉对他的重要性，不及多想便行动起来。

阿筝却没有急着和她一起翻箱倒柜，她踱到岳泠澜身边，往他手中塞了一粒避毒丹。

岳泠澜微偏了头，阿筝小声道：“虽然你看上去没中那些花毒，但备颗避毒丹总是好的，谁知道一会儿会发生什么呢。”

岳泠澜看着掌心玉色莹莹的避毒丹：“还有吗？”

阿筝立即明白，他是想为离睢再要一颗，愤愤地道：“你跟她究竟什么关系啊？”

这个问题，她刚刚也问过离睢，她自信能让离睢措手不及难以招架，现在，她又问起岳泠澜，抱了微微的希冀。

他却舒展了眉，轻声却坚定地道：“就是你心里想的那种关系。”

他道了句“多谢”，又将那粒避毒丹还给阿筝，他明明是在和阿筝说话，目光却一瞬都没有离开过离睢：“阿筝，诚如你所说，我们是盟友，甚至，以后可能会成为真正的朋友。但她是不一样的，你明白吗？”

阿筝咬紧了唇。

“小山，”离睢朝岳泠澜招了招手，“你看，珠子、针线、十字绣，还有面具，这位锦端姑娘也很爱玩呢！”

她找到的都是些无关紧要的东西，岳泠澜却听话地朝她走了过去，唇边带着温软无尘的笑意。

锦端的绣花针虽然小巧，针身上却精心地刻了各式图案，离睢捏着它多看了两眼，透过针孔，却发现梳妆台的一角，隐着一面样式奇特的菱花镜。

这梳妆台上，已经有了一面半人高的大铜镜，这菱花镜本就多此一举，更奇怪的是，远远看着，这面菱花镜闪着忽明忽暗的光，中心似有一个深不见底的光圈，像能把人吸进去似的。

离雎刚想过去，却被岳冷澜拉至身后，他拿了那面菱花镜，仔细看了看，这面菱花镜正反两面都镀了纹饰，找不出镜面，却像是两片镜背构成的，除此之外，倒是没什么危险。

还真把离雎当玻璃做的了，一碰就会碎掉？阿筝的白眼都快翻到天上去了，她凑过来瞄了两眼镜子，讽道："照够了没？照够了就赶紧找不思珉啊，不是说在这儿吗？真当我们时间很充足啊？"

她想把菱花镜扔回原处，离雎突然按住了她的手。阿筝心生不满，本能地想要把镜子抢回来，岳冷澜瞥她一眼，理所当然地道："给她。"

阿筝一句"凭什么"就快冲破喉咙口，离雎却握着那面镜子，犹疑道："这好像是面悬魂镜。"

这下，阿筝和岳冷澜都有些蒙了。

离雎解释道："这面镜子，可以永久地保存主人想要它记住的一段回忆，人们也可以通过它进入这段记忆，或者说，进入一个幻境。因为这个幻境本就是由一段真实的记忆编织而成，所以里面的人和事都是真实存在过的，相对于进入幻境的人，幻境里原本存在的人才是有灵魂、能感知的实体，而外来者，更多的像是魂魄空悬的灵体，所以，这面镜子叫'悬魂'，这种幻境也叫'悬魂'。"

"我想起来了，"阿筝喜道，"除了医术，你们一粟海不就是以幻术闻名江湖的吗？难怪你瞧得出这面镜子的古怪！只是我们怎么知道，这面镜子的主人……就是那个展锦端吧，她到底要它保存什么记忆？"

离雎一寸寸地摩挲着镜子，忽地微蹙了眉，她的指尖触到了镜子上方的一块凸起，她思量了一瞬，按了下去。

屋内霎时一暗，慢慢地，出现了一个女子的影像。

她坐在梳妆台前，穿着和宸游在小像中一模一样的装束，容貌楚楚，却与宸游大相径庭。她抱着菱花镜，闭目喃喃道：“我守着不属于我的东西，太累了……既然天下人都想得到它，那就自己进来找吧……我要去过属于我自己的生活了。”

说着说着，她的语气轻快起来，她睁开眼，看向门外，当时的她，不知看见了谁，两颊瞬间生出了红晕，她扬起唇角，喊道：“你来啦！”

女子婉转动听的声音还扬在耳边，她的影像却猝然消失了。

阿筝抬眼，激动道：“她一定就是展锦端了！她说的守了很久的东西，所有人都想要的东西，一定就是不思珉！”

她一把抱住了离睢的胳膊：“离睢，快，带我们进幻境啊！她说让我们自己找，那她一定是保留了和不思珉有关的记忆，只要进去看一遍，我们就能知道不思珉藏在哪儿了！”

离睢一时间不太习惯阿筝态度的大转变，她“哦哦”地应着，岳泠澜倒是先有了反应，毫不客气地把阿筝的手抽了出来。

离睢的手指停在镜心处：“一粟海确实擅长幻术，但师父却说幻术学多了对精神不好，所以她也没怎么教过我，我对幻术的了解就只是流于表面。这悬魂镜，又是一种比较高明也比较危险的幻境，我只知道，如果我们进去，就一定要切记，始终做个旁观者，千万不能出声。只要我们不出声，幻境中的人是瞧不见我们的，那么，等这段记忆安然过去，我们也得到了不思珉的所在，自然就可以出来了。”

“那要是我们出声了呢？那幻境里的人是不是就能看见我们了？那会怎么样，我们会留在幻境里出不来吗？”阿筝插嘴道。

离睢越发不好意思起来：“这我就真的不知道了……但我想，破坏了幻境的规则，终归是不好的，谁知道会发生什么不可预料的事呢？所以，如果我们真的要进去，一定要记住，别出声，就像看个连环画一样，看完就好了。”

她已经在镜心处摸到了一块凸起的旋钮，犹豫着不敢下手，忽然，指上一暖，她呆呆地看向岳泠澜，他微笑着，握紧她的指，将那旋钮缓缓转动。

室内立时亮如长虹骤降，满墙信纸簌簌作响，悬魂镜颤抖着发出幽咽的声音……

而三个人眼前，出现了一个愈滚愈大的旋涡，仿佛可以把周围的一切都吸进去。许久，声光色影才渐渐恢复了原状，屋子里的三个人还是原来的姿势，却一动不动。

离睢从一片野地中爬起，四面草木郁郁，风声猎猎。

这儿很像是她和岳泠澜在找到展锦端的竹屋前走过的地方啊？不对，他们刚才不是已经在竹屋里讨论怎么找不思珉吗？现在为什么又在外面了？

她晃了晃脑袋，思路逐渐清晰起来，是了，他们现在一定已经在幻境里了,可是,岳泠澜呢？阿筝呢？难道他们落在了幻境里不同的地方？

耳边惊起女子的痛呼，地面震动不已，离睢转过头，看见阿筝正挂在土丘边缘，而这土丘正在迅速坍塌。

一切，正如他们之前经历过的一样。

顾不得多想，离睢忙拉住阿筝的手，竭尽全力将她拉了上来。待周遭的喧嚣平息，阿筝惊魂初定，拍着心口道："真是吓死我了，一掉就掉到这个鬼地方。这幻境也太邪门了，跟现实有什么区别啊？要是刚才我被埋在底下了，不也成尸体了？"

"只怕连尸体都不会有……"离睢捞起一捧沙子，只见它们从她手心穿过，急剧流失，"我们的身体应该还在现实中的那个竹屋里。"

阿筝瞪大了眼睛："也就是说，现在在幻境里的，是我们的灵魂？"她本有些惊惧，却很快激动起来，"太好玩了，灵魂出窍哎！"

离睢把阿筝搀起："先别想着玩了，我们得赶紧找到小山，不知他落在何处，会不会有危险。”

“是啊，”阿筝却垂了目，脸上带了些莫可名状的笑意，“他不在呢。”

离睢正四处张望，耳后响起一阵诡异的风声，她心头一紧，堪堪避过，却还是被阿筝的短箫削下了一缕青丝。

她又惊又怒：“你疯了？”

“我没疯啊，”阿筝毫无愧疚之意，坦然道，“你自己说的，这幻境危险，我们在里面，出什么事儿神鬼莫测，你要是稀里糊涂地死在这里了，也实属正常，虽然可惜，但与我无关啊！”

“我原本只当你刁蛮任性，没想到你根本就是心术不正！我就问你一句话，”离睢墨发大散，扬在风中，显然动了怒，“你有把握杀我之后，能让他以为这与你无关吗？”

未等阿筝回答，离睢身形微动，顷刻间竟已行至她身前，阿筝始料不及，绿衣已被离睢的匕首“哗啦”撕开一条大口：“你几次三番害我，这一刀不算亏，你该庆幸我手上的不是剑！”

阿筝不由得后退一步。难道是她失策了？离睢的这副模样，果断恣意，带着微微的狠厉，并不像她想象中的那般柔弱无用。

似看穿了她的想法，离睢冷冷一笑：“我软弱如何，不软弱又如何？难道我软弱些，你就可以堂而皇之地欺侮我？”

“瞧瞧，露出真面目了，”阿筝仍嘴硬道，“在他面前说不尽的善良乖巧，对我就刀子伺候，扮猪吃虎这套，你玩得倒是很溜！”

离睢拂袖：“不可理喻！我刚才救你时，可有他在场？我以牙还牙，倒成了我的不是？”

她逼近阿筝：“你给我听好，我或许打不过你，可你也没有杀我的本事！我没工夫跟你在这儿争风吃醋，小山现在还不知道在哪里，是不是遭遇了危险。从现在开始，我认清了你，我会牢牢记住你害我的每一件事，等出了这幻境，一并清算！”

她不再看阿筝，转过身向前奔去，明知以岳泠澜的武功和智慧，应该不会有事，可她看不见他，便总是止不住地担心。

行至险境，有情之人谁不是被感情牵着鼻子走，哪还管什么理智？

一样极力按捺着心中忧虑的还有岳泠澜。

他掉在一片密林之中，意识恢复时，这儿已近黄昏。天快要黑了，不能再耗下去。他记挂着离睢，脚下一刻不停，终于在一个拐弯处见到了两个人影。

岳泠澜本以为那是离睢和阿筝，刚松了口气，却又提了上来。

虽背着光，看不清那两个人的面容，可他们的声音却隐隐约约地传了过来，那是一男一女，似乎正在争吵。

岳泠澜放轻了脚步，躲到近处的一棵树后，这才得以看清那二人的模样。

他忽地抓住了树干。

那男子一身白衣，他虽从未见过，却没来由地觉得面熟，而那媚态横生的女子，他再熟悉不过了。

是羽衫观音。

她还是一样的貌美和盛气，只不过比起岳泠澜印象中的她，现在的她正在肆无忌惮地宣泄情绪，似乎还没有学会含威不露。

岳泠澜心中已有了答案，与其说她是观音，不如说她是莫青璃，还没有执掌一个大派、行事略有冲动为人却更加真实的莫青璃。

那那个男子是谁？是姑姑多年前有过情感纠葛，甚至……喜欢过的人吗？为什么她从未提起过他？

“……我说过很多次，即便我们要和北堂氏对抗，也不能不择手段，做些令人不齿的行径，否则我们与他们有何区别？”那男子像是正隐忍着怒火。

莫青璃回顶道：“紫氏重掌帝位不过数月，根基不稳，是你自己说要铲除北堂家，我是在帮你！若不用些激进的法子，按你的行事作风，几时才能消除隐患？”

“那你也没必要把他们全族都赶尽杀绝啊！”那男子怒火更盛，“老弱何辜？妇孺何辜？还有……你为了对付北堂遇，不惜卖弄姿色，你简直……”

他见莫青璃仰着头毫无悔意，口不择言道：“你简直下贱！”

岳泠澜听得心头火起，观音再如何，也轮不到这妇人之仁的男子如此辱骂，他想出手，又担心破坏幻境的规则，正思索着，却听到一记清脆的耳光声。

莫青璃的手还扬在空中：“岳芫！在你指责我是怎样的人之前，先想想你是怎样的人！为了你的愿望，我莫家全家，这十年来刀山火海什么险情没遇过，我吭过一声吗？是，我下贱，你最干净，你借刀杀人，现在开始觉得我这把刀污了你和你爱的女人高贵的手了？”

她说着，还是颤抖了手，红了眼眶：“大极覆灭与我何干？紫宸游与我何干？北堂家叛的不是我莫家的江山，我和北堂遇无仇，紫宸游于我也无恩啊！我之所以这样倾尽所有地帮你，为的是什么你不知道吗？”

岳芫，原来他叫岳芫……岳泠澜心上一凛，这个和他轮廓有些相似的男子，也姓岳……

他并没有来得及细想，因为岳芫的眼里溢出了痛色，他有些慌乱，却还是抱住了莫青璃：“到如今，你还不知道我的心意吗？我爱的是你，我很清楚我爱的只有你，青璃，我不爱宸游，我只是亏欠她……”

“所以就要我来还？”莫青璃咬牙，将他狠狠推开，“我还了啊岳芫，我一直都在替你还不是吗？你说你爱我？这多好笑啊，你说你对紫宸游只是愧疚、亏欠，但是你有哪怕一刻放下过她的小像吗？现在那东西还在你怀里，不是吗？你之前也说过，你不爱展锦端，可是你对她从来也是温声细语，没说过一句重话！北堂遇全族的确是我灭的，可他的军队，那是被展锦端施了幻术置于死地的！你怎么不说她狠毒？”

对了，展锦端，这是展锦端的幻境，那她现在在哪儿？岳泠澜扫了眼周围，就在不远处，有一个纤柔的女子，穿着和画上宸游一样的衣服，伏在草丛中，正痴痴地看着岳芫和莫青璃。

她的身子一抽一抽的，似乎已哭得不能自持。

岳泠澜很是无言，这场戏太乱了，他还真不知道姑姑年轻时这么会玩。

此时的莫青璃完全沉浸在自己的悲愤之中，她凉凉道："你说你爱我，可说我下贱的人也是你，既然如此，我倒宁愿你不爱我。"

她呼出口气，缓缓道："那夜，是拂衣化了我的模样，去见了北堂遇。"

岳芫顷刻间微张了嘴，他伸手想挽住莫青璃的袖子，展锦端却从草丛中站了起来，于是这可怜的男人就只能眼睁睁地看着她俩往不同的方向跑去，一时间竟不知道该去追谁。

最后，他纠结着跑了。

这世界太复杂了。岳泠澜踢开脚边的小石子，还是他的小玉钩最好。

右肩突然被谁敲了一下，他回过头，见是阿筝，便往侧边躲了躲："是你？别随便碰我。"

他向来不惯和除了离睢之外的人进行肢体触碰。

阿筝嘟起嘴，咋呼起来："刚才那跑走的是不是观音娘娘？天哪，她保养得真好，和现在根本没什么区别嘛！"

见岳泠澜对她的关注点丝毫不感兴趣，阿筝又悄悄道："那个岳芫和你同姓，虽然没你长得好看，但和你很有几分相似，他跟观音娘娘卿卿我我的，算算年纪，会不会就是你爹啊？"

爹。这个他刻意回避了二十几年不想不念的陌生称呼，还是毫无征兆地降临在他生命中。阿筝能想到的，他就想不到吗？

在他还很小的时候，他就知道，观音保留了他的姓氏，又不是他的母亲，必定是和他的亲生父母有一段颇深的渊源。

观音虽然强势霸道，年轻时对他更是冷酷无情，甚至常把他当作泄愤的对象，但他大抵也能猜出，她必是因着他的那个父亲受了极大的苦楚，又无法控制自己的感情，又爱又恨，才会如此。

不管怎样，观音对他的养育之恩是任何人都无法抹杀的，何况近几年，她对他也有了几分真心，而这个本该被他唤作“父亲”的人，却在他的人生中长久地缺席，他没法对这个人产生任何感情。

那么，就别再想这个人了。

岳泠澜看了阿筝一眼，扔出一句：“小玉钩呢？”

阿筝的笑僵在脸上，她遮了遮被离雎割破的衣服：“我和她是分头找的你，我怎么知道她找到哪里去了……我们先去跟着展锦端他们吧，这才是要紧的事儿。”

岳泠澜并没有注意到阿筝的衣饰与往日有什么不同，却觉出她的神情似乎有几分不自然：“你在害怕？”

阿筝被吓住了，难道她脸上的心虚之色就这么明显？她当然怕了，要是让岳泠澜见到了离雎，被他知道她刚才想杀离雎，天知道会发生什么！她再怎么不服气也不得不承认，别说她确实对离雎动手了，就算她什么都没做，岳泠澜这家伙，还不是离雎一张嘴他就晕头转向了！

阿筝自顾自地闷头想着，眼珠子溜过来又飘过去，岳泠澜见她这模样，倒像是真被什么东西唬住了，他生出几分趣味，存心摆她一道，便故意“呜”了一声，阿筝正陷在自己的胡思乱想中，此刻被突然惊醒，本能地喊道：“鬼啊！”

岳泠澜觉得更有趣了：“你怕鬼？”瞧她平日里横得二五八万的模样，鬼怕她才对。

“鬼有什么好怕的！”阿筝当然不肯承认，“不就是死得比我早些吗，难道死得早还早出优越感来了？”

岳泠澜却并没有在意她回答了什么，并很快对自己竟和别的女孩儿开玩笑感到懊恼起来。他也是昏了头了，阿筝害不害怕，跟他有什么关系？现下已暮霭四合，他得赶快找到离雎，这对他来说才是当务之急，否则等天色完全黑了，要找到她就更困难了。

阿筝并没有学会察言观色，她急吼吼地重复道："你现在还管离睢干吗？最重要的是跟着展锦端啊，要是跟丢了怎么办！"

岳泠澜心中顿生几分厌恶，他并不理她，径自往前走去。对阿筝，他其实是有一些连自己都不清楚缘由的特殊关心的，但这种关心，并非源自他对她有什么好感，而是源自离睢。

不知道为什么，从见到阿筝的第一眼起，他便觉得她和离睢有着些微相似的东西，他很清楚，无论是容貌还是品性，阿筝和离睢都绝不会被人混淆，那些相似的、仿佛天然便存在的东西，又究竟是什么呢？

所以，他才会在找到离睢之前，不自觉地留意着阿筝的举动，她分明没有一处像离睢，却总能让他透过她看见离睢。

他想，归根究底，是他对离睢的思念早就刻进了骨子里，不然他怎么会贪婪到在一个本该令他厌恶的自私女子身上汲取着离睢的气息呢？

说来也是有几分好笑，在之前漫长的时光里，他总是在寻找离睢的路上，现在好不容易和她重逢，掏心窝子的话都还没说上几句，她就又离开了他的视线。

他不能忍受。

这幻境看着也不是很大，离睢应该就在附近吧。

他四下察看着，掌心蓦地一热，不由得滞了脚步，这个阿筝，他没空与她多费唇舌，她反倒愈加过分。

他一抽手，却又很快被那个人紧紧攥上，便不禁也有了怒意，回身却迎上了离睢碧水漓漓的一双眼。

他含着怒意的眼神立刻柔和下来。

这脸变的。阿筝这回倒没有显现出过多的不满，反而有些瑟缩地盯着离睢，好在，她并没有跟他告状。

现在不是算账的时候，这幻境的范围大不过展锦端竹屋外的这一块地方，要想从展锦端的记忆里得出不思珉的下落，自然得跟着她。如今她虽没了影子，但能回的也就是她那个竹屋，不妨去那里找找看，再静观其变。

三个人这样想着，便下了决心去找那间竹屋，只是天彻底黑了，他们跑得又远，找起来着实费力。

展锦端回到竹屋时，山间草被上已结起了露水。她抱着自己的肩膀，身上一阵发冷。

她本想告诉岳芫，她的幻术成功了，北堂遇全军覆没，她知道自己总被人说楚楚可怜，这次就是想讨得他的可怜的。可她还未想好该摆出怎样的姿态才能最大限度地博得他的喜欢，就看见他和莫青璃在一起。虽然他二人言辞激烈，但以岳芫那样优柔的性子，竟能如此肯定地说出“爱”这个字，她实在难以想象。

拖着步子撞开虚掩着的门，展锦端进了屋，在桌边坐下。灯花时隐时现，她放空了眼神。莫青璃，她知道这个女人，论美貌，是能和画上的宸游一较高下的，她远远不及。这个女人跟在岳芫身边有很长的年岁了，可岳芫一直只当她是朋友，不是吗？如果他爱她，他们应该早就在一起了啊！

展锦端扶住了额，她心里很清楚，她敌不过宸游在岳芫心里的位置。这小公主死得太早，死在最好的年纪，又是为了救岳芫而死的，她的死距离岳芫苏醒都有一百多年了，她早就化成了岳芫梦里高悬于顶的白月光。可是，她原本就没想和宸游去争啊！为什么她殚精竭虑，为岳芫做了那么多事，到头来却听到他说，他爱的是莫青璃？那她呢？对他来说，展锦端又算什么？

她涩了眼，抖着手给自己倒了杯茶。没想到早上煮好的茶，现在喝还是暖的。

她抱着杯子，眼前一阵迷糊，她捂着不住眩晕的头，晃了晃，突然一下子栽倒在桌沿上。

剧痛之后，是可怕的清醒。

这茶有问题。

她浑身上下奇热难耐，明明喝了茶却越发口干舌燥，连呼吸都粗重起来，这情形……分明是被人下了媚药……

她挣扎着想要爬起，可没有一丝力气。一阵急促的脚步声过后，她被谁抱起，放到了床上。

她恐惧起来，强睁开眼，却是岳芫。

他的唇齿一启一合，似乎在急切又焦虑地说着什么，落入她耳中，却是一片混乱的杂音。

她红肿了眼，揪住了岳芫的臂，哭道："我为你做了多少事，你要斗垮北堂家，我不顾哥哥反对把救人济世的本事都用到害人上！我在家里给你备了一柜子你可能会喜欢的白衣裳……我知道你喜欢清安公主，我天天对着她的小像学习她的神态表情，穿她爱穿的衣服，就是盼着你能多看我一眼,即便是一辈子做她的替身都好,可你竟然说你爱莫青璃?那我呢？我算什么啊？"

岳芫被她紧紧抓着，十分无措，他一直都不擅长处理和女子之间的关系，以为她们个个冰雪聪明，不用说也能明白，可现在看锦端这个样子，原来她和青璃一样，都不明白自己在他心中是什么位置。

药物作用下，展锦端已没了顾忌，她淌着泪搂上了岳芫的脖子："你为什么不早告诉我，你已有了心上人？我一直以为我有机会，如果我早就知道，我就不会再对你心存幻想，不会越陷越深，今天就不会这么痛苦！"

听她抽噎个不停，岳芫愧疚极了，他试图把锦端塞进被子里，她却抱着他不肯松手："你只是看上了我会的幻术对不对？你心里根本就没有我的位置，你一直都只是在利用我，利用完了就一脚踢开……"

"不是这样的！你有位置，你知道的……"岳芫方寸大乱，诚如展锦端所言，他早就猜到了锦端对他的心思，却假装不知，又有意无意地瞒下他和莫青璃的关系，想让锦端为他所用，确实是利用了她，可当她是妹妹也好，朋友也罢，他一直都很怜惜她，也是真心想要她快乐。

展锦端忽然能听清他在讲什么了，她安静了一瞬，又开始扯自己的衣服，嘴里不住地呜咽道："真的吗？"

她的泪眼让岳芫分外不舍，他握上她的手："真的。"

展锦端的两颊已泛起不正常的潮红，她伏在他肩上，喘着粗气："那岳大哥，你帮帮我，好吗？"

岳芫大惊失色，忙拍着她的脸道："锦端，醒醒，你知道自己在说什么吗？"

"我脑子清楚得很！"展锦端攫住他的手不放，她扯落自己的衣服，又抓上岳芫的："你爱我吗？"

岳芫双唇紧闭，额上冷汗涔涔，他也是平凡男人，怎禁得起温香软玉在怀的诱惑，可"爱"这个字，他仿佛就在不久前对另一个女子说过，此刻任凭他想怎样安慰展锦端，这个字都没法说出口。

"锦端……你别这样……"他不知该如何是好，展锦端却像是已完全疯魔了，边揪着他的衣服，边哭得梨花带雨："如果你不肯帮我，我只有死路一条，岳大哥，你想看着我死是吗？"

岳芫浑身一震。

入夜的山野间，刮起了刺骨的风。

莫青璃行色匆匆。岳芫没有追她，她早就该习惯的，会哭的孩子有糖吃，她偏偏从来都学不会在他面前示弱。

真是讽刺啊，她执拗地守着自己的自尊不肯低头，可现在还是主动来展锦端这儿找他，岳芫大概就是她命中的劫数吧。

她走得匆忙，身后的三个人影也踮着脚跟得辛苦。

虽说看情形，岳冷澜他们在这幻境中是没有实体的，可万一他们弄出什么惹人注意的声响，把计划搞砸了，天知道会发生什么。还是小心为上。

站在门窗紧闭的竹屋外，莫青璃突然有了些不好的预感，她怔了怔，大力推开房门。

展锦端缩着脑袋躲在岳芫怀里，无比惊惶地看着她，脸上还挂着泪痕。

莫青璃扶着门，站在原地纹丝不动，在她身后的岳泠澜却看得分明，她的指甲，已掐进了门板，她该有多努力，才没有挥出腰间的佩剑。

他都想替她杀了这对男女，管他们是谁。

阿筝干瞪着眼，小声道："看来观音娘娘真不是你亲娘……"

离雎也很茫然，展锦端珍之重之的记忆，怎么会是这个？怪难为情的。

莫青璃的脸上，没有半点儿惊痛，到了这个地步，她除了冷静，竟然一无所有。如果能哭出来，是不是会好受些？

她的身体连着骨头都好似注入了泥土，每走一步，都是那样的沉重和艰难，她行至岳芫面前，冷声道："慌什么？我又不是你的谁，这也不算是捉奸在床。"

最后的四个字，她念得轻飘飘的，岳芫听着却仿佛是四枚没入脑髓的钉子在一起敲打。

他爬下床，奔过来拉她的手，莫青璃终于忍不了了，狠狠挥落他的手："别碰我，脏！"

岳泠澜突然发现，他的洁癖是跟谁学的。

展锦端尖叫起来，莫青璃上前反手就是一巴掌："闭嘴！"

她回身看着岳芫，眼圈还是红了："你说我下贱，你自己呢？"

岳芫还在徒劳地解释着，离雎却看见，从竹屋的暗处，也就是展锦端的床底，钻出了一个鬼祟的人影。

阿筝好像也瞧见了，她失声大叫起来。岳泠澜眉心一颤，扼住了她的脖子把她狠狠甩到一边，随即朝离雎冲去。

因为离雎挡住了那个人的路，而他的手上，横了柄青光灿灿的大刀。

阿筝这样大声，那个人已看见了离雎。

与此同时，岳芫也看见了他们，他不可置信地望着离雎，吐字时像被人掐住了咽喉："公主……"

他还是不敢，唤宸游的名字。

阿筝摔在门槛上，捂着脖子干咳不已，可她看着那把大刀将要没入离睢的身体，心底就感到十分痛快。

她的痛快只持续了短短一瞬。

因为，离睢被岳泠澜一把拽过，而在她跌入他怀中的那一刻，这个世界天旋地转。

再睁眼时，阿筝发现，岳泠澜和离睢都不见了，而她的身体，一直在发抖。

她很快就意识到，那不是她的身体。随后，她清楚地听到展锦端惊惶的喊叫，她在喊："你是谁？"原来，这就是在悬魂镜里出声的后果，她和展锦端，共用了身体，此时，她的灵魂和展锦端的灵魂正在同一个躯壳里，面面相觑。

那岳泠澜和离睢呢？她用自己的眼去看岳芫和莫青璃，果然发现，岳泠澜他们也在。

而展锦端，想必只能感受到自己的身体里住进了另一个灵魂，并不能窥见岳芫和莫青璃身上的变化。

"喊什么！"那持刀的男子把刚才一闪而过的三个陌生的影像归结为一时的幻觉，他趁众人恍惚之际，缠了展锦端的头发将她提了过来，锦端一个趔趄，脖上已抵了他的长刀，顿时连大气都不敢出了。

阿筝差点儿想揪住锦端的灵魂暴揍一顿，真是太没用了，连累得她今生第一次尝了回做人质的滋味儿。

"北堂遇！"莫青璃寒声道，"你没死？"

"一日夫妻百日恩，你舍得我死吗，璃妹？"北堂遇看着她，眼里竟有了点儿亮色。

"谁与你做过夫妻？"岳芫恨恨道，"那晚陪你的不过是青璃的婢女……"

“住嘴！”岳泠澜也陷入了和阿筝一样的情绪之中，这个蠢材，怎么会是他亲爹？到了这般田地，还要逞口舌之快，不激怒北堂遇不肯罢休是不是？

莫青璃飞快上前，踹了岳芫一脚，却还是晚了。

北堂遇的眼神一下子变得猩红，他扯住锦端的长发，对莫青璃喊道：“原来你也和这个贱女人一样，千方百计地献媚于我，只是想要我死？”

锦端吃痛，颤声道：“这不可能的，我的幻术不会有问题……”

“你这个贱人！”北堂遇吼道，“我北堂家的兵士个个骁勇善战，没有死在和紫氏的战场上，竟毁于你手！幸好我早就看出你惺惺作态，存了防备之心，这才逃了出来！”

他说着，又看向莫青璃，笑得惨淡：“你更狠！起先我还不愿意相信，现在想想，那幻境之外，密密麻麻的毒物，都是你的杰作吧！我已被引入了幻境，你还不放心，非要我死！”

“是又怎样？”莫青璃冷哼道，“我从不为自己做过的事后悔！即便岳芫今日负我，我也不后悔引你入局，至少在当时，那是我心甘情愿的选择！”

离雎默默地听着，如果可以，她真想抱一抱这个兀自强撑着骄傲的女子。莫青璃的选择，在当年的乱世之中，无所谓善恶，无所谓正邪。对天下苍生而言，北堂氏和紫氏谁掌权有什么分别？结束战乱才是他们真正的福祉。

在政治和战局的博弈中，与其说莫青璃站在紫氏一边，不如说她毅然决然地站在岳芫的那一边，她必定是爱惨了这个男子，才会在被他伤透了心的此刻，还能梗着脖子，说出一句“心甘情愿”。

她终究，还是被辜负了。

北堂遇暴怒：“那你现在一定很失望了！我没有死！千步香救了我，你没想到吧？”

莫青璃眼神一黯：“我没有失望……北堂遇，你对我不错，当日要你死，是我的选择，却不是我的愿望。现在你既然保住了性命，便走吧，我不会再害你。”

或许北堂遇只是贪恋她的美貌，但他却实实在在地关心过她，连千步香那么珍贵的宝物，也毫不吝惜地送了她许多。她原本以为，爱慕美色，实在是世上肤浅男子的通病，可想想岳芫，他的所谓“爱”，就比北堂遇高贵了吗？

“走？”北堂遇大笑不止，“我被你弄得家破人亡，我北堂氏的大业功亏一篑，我有何面目走，又能走到哪里去？”

他偏过头，盯着展锦端，阴恻恻地笑了：“装什么？哭丧着脸给谁看呢？你刚才不是很享受吗？你该感谢我才对啊，要不是我，你能得到你喜欢的这个男人吗？”

他不知是故意还是其他，手微微一抖，展锦端的脖间倏然一道血痕，岳芫见了急道：“你到底想干什么？”

“干什么？”北堂遇像是听到了个天大的笑话，笑得身体都站不稳了，“我要是想干什么，刚才你和这个女人还能这么痛快吗？”

他眼神直逼莫青璃：“我想跟你们玩个游戏，岳芫，莫青璃，我知道你们武功好，但你们动作再快，也没有我的刀快。”

莫青璃无所谓地耸耸肩：“你要杀就杀，讲这么多废话干吗？难道我会对这女人有一点儿同情？她死了不正合我的意吗？”

离雎轻轻一叹，她这又是何苦，她这样说反话，岳芫关心则乱，怕是不会领情。

果不其然，岳芫沉痛了眼神：“青璃，你怎会变得如此狠毒？”

饶是再坚强的女子，此时也快撑不住了，莫青璃望着别处，硬是把泪憋了回去。

北堂遇正中下怀，笑道：“岳芫，你该知道，我喜欢青璃，这样吧，你的女人，你来选，要展锦端，还是莫青璃。你要是选展锦端，就让莫青璃到我身边来，我想，她现在总不至于还想杀我，来日方长，我总有办法让她成为我的女人。”

岳芜本能地摇着头。

“如果你选莫青璃，那我会马上杀了展锦端，让我的璃妹再无后顾之忧。”北堂遇看着莫青璃，神情暧昧。

见岳芜迟迟不说话，北堂遇伸手在刀上弹了弹，展锦端脖上又是一道刀痕，岳芜急道：“别！”

阿筝掐了一把展锦端的灵体：“快说话啊！”

“说……说什么？”

“使点儿手段不会？以退为进啊！我可不想稀里糊涂地跟着你死了！”

展锦端抬了眼，泪如雨下：“岳大哥，你别管我了，我知道，你心里喜欢的是莫姑娘，我祝你们有情人终成眷属……”

好样的！阿筝打了个响指。

岳芜捂住脸，良久，他看向莫青璃。

岳泠澜忍无可忍：“你连自己爱谁都不清楚吗？”

“可我应该对锦端负责……”

岳泠澜看到岳芜的内心，这个懦弱的男人连多余的矛盾挣扎都没有，竟似已打定主意要放弃莫青璃，选择展锦端了。这样一个优柔寡断的男子，怎么会是他的父亲，怎么配做他的父亲！

“面对根本不爱的女子，你连最基本的自制都做不到，你负了她们两个人，又有什么权利去决定她们的生死？”

听到岳泠澜冰冷的声音，岳芜猛吸了口气。

他的身体突然不听使唤起来。

一步一步，他被岳泠澜的意志控制着，走到莫青璃面前。

“该死的是你。”岳泠澜的声音仿佛有着巨大的魔力。

“该死的是我……”岳芜讷讷道，他的眼神在莫青璃脸上定了定，忽然抽出了她的佩剑，插入自己的胸膛。

展锦端哭喊起来，北堂遇也怔住了。

莫青璃震惊地松了手，看着岳芫抱着剑软软地摔在了地上，她觉得自己所有的力气都被抽干了。

那是谁牵引着她，在这千钧一发之际，撞向了北堂遇?

如果不是被困在岳芫的身体里出不来，他一定已经抱上离睢了，岳泠澜想。

她果然懂他。

莫青璃被离睢带着握住了北堂遇的刀柄，趁他失神之际把展锦端狠狠推开。

展锦端没料到莫青璃会救她，踉跄了几步后呆住了。她的身体里，阿筝的眉头越皱越紧，离睢瞥见她的神情，借莫青璃的口急急喊道："还不快躲开！"

紧接着，她又利落地翻转了北堂遇的手腕，把刀锋送入他的咽喉。

一切都结束了。

莫青璃正想看看岳芫的伤势，展锦端却先她一步冲了过来，她苦笑着，只得往稍远处退了退。

她和展锦端都没有看见，北堂遇濒死之际，竟不知从哪里掏出了把匕首，拼着最后一口气，向她们掷来。

电光石火之间，她被岳芫护着迅速避过。

她酸了鼻子，抬起头，对上了岳芫温柔的眉眼。

他从未用这样的眼神看过她，带了快要溢出来的珍重爱惜。

不对，这不是岳芫会有的眼神。

这是岳泠澜看离睢时才有的眼神啊。

展锦端抓住了自己的头发，心神欲碎："你还是选了她……"

明明蹲在近处的是她，距离危险最近的也是她，岳芫却选择了莫青璃，他甚至都没有任何犹豫，连一个眼神都没有给她。

她把自己的身体和心都给了岳芫，到如今，她还有什么理由活下去呢？她简直是一败涂地。

展锦端的太阳穴突突地跳了起来，她心一横，往墙上撞去。

阿筝大骇，你想自尽不要紧，可现在我跟你在同一个身体里，你死了，我不也死了吗？

她极力拖住展锦端的脚步，求救似的望着离睢。

离睢见此，想到自己和岳泠澜怕是改变了展锦端真实记忆的走向，断不能由着她这样死去，便也上前阻止，谁知展锦端已铁了心，毫不客气地将她以为的“莫青璃”推开。

离睢被她大力一推，连连退至梳妆台前，指尖却触到了什么尖利的物件。

是一枚绣花针。

现实中，她在展锦端的竹屋里，不也正是拿着它吗？她是透过它的针孔，才发现那面悬魂镜的啊！

她心中有了计较，将那针尖对准了自己的指，闭目一握。

阿筝一面拖着展锦端，一面仍不死心地问道：“不思珉在哪里？你都要死了，快告诉我不思珉在哪里啊！”

“你在说什么？”展锦端哭得上气不接下气，像是没有听清她的话。

“就是你一直守着的，人人都想要的宝贝啊！是一块玉！在哪里？你快说啊！”阿筝急得不行。

展锦端哭喊着“我不告诉你”，眼睛却下意识地看了看天花板上的顶灯。

离睢管不了这么多，她期盼着阿筝能多拖展锦端一会儿，手上忙个不停。她怎么早没想到呢？这个竹屋和现实里别无二致，连绣花针都有，怎么会没有悬魂镜呢？

这幻境里的事态会如何发展已经无法预料，在情况还可以控制的时候，一定要快些找到悬魂镜，它是幻境的钥匙，一定也能带他们离开。

岳芫如今受了重伤，行动迟缓，岳泠澜和他绑在一处，帮不了她。

那么，现在就是她帮岳泠澜的时候了。

幸运的是，莫青璃虽不知道她究竟是什么身份，却并没有阻碍她的行动。

“找到了！”离睢如释重负，捧着悬魂镜轻快地笑了起来，可就在同一刻，整个幻境天塌地陷。

那个旋涡又出现了，刺眼的亮光中，离睢勉强撑开眼，发现岳泠澜和阿筝都在自己身边，而岳芫他们，却化成了旋涡另一头三个愈来愈暗的光点。

只要从旋涡里顺利出去，就能回到现实了！可不知是不是破坏了幻境原有走向的缘故，这旋涡也和来时很不相同，它起先很大，却越滚越小，岳泠澜他们行在其中，犹如赤足触着礁地在风中逆行，与现实相连的光束越发薄了，按这个速度，他们很难在光束完全消失前离开。

旋涡已窄得不能容纳并排行走的两个人。

岳泠澜跟在离睢后头，他看见她一无修饰的墨发因周围的大风肆意飞扬，不知怎的，想起她笨手笨脚给他系上的那个红色蝴蝶结。

那一定是世上最好看的蝴蝶结了。

他暗暗捏了个诀，用力一推，将离睢送出旋涡。阿筝见他中心只顾念着离睢，心头酸涩，一不留神脚下一绊，落得更远了些。

想她虽及不上岳泠澜的天纵英才，但也纵横江湖多年，遇事无数，驭人有方，小小年纪已学得杀伐果决，怎么说也算是个奇女子了，难道今天真要不明不白地死在这里？

不，她不能死，不思珉还没有抢到，她的任务还没有完成，长离宫里还有人等着她回去！岳泠澜不管她又怎样？她靠自己，一样能……

阿筝沉浸在自己的世界里，离睢的声音却飘了过来：“快把手给我啊！”

三个人一起进来的，自然要三个人都出去。

她抬起头，看见岳泠澜和离睢一人伸出一只手，正喊着她的名字。

岳泠澜嘴上仍是不饶人："你脑子里都是糨糊吗？还傻站着？"

阿筝莫名地觉得这情形悲壮又感人，她第一次摒弃了对这两个人的复杂情绪，把手递了过去。

三个人摔出旋涡的那一瞬，那缕已十分微弱的光束也同时湮灭了。

梳妆台上的悬魂镜"啪"地应声而碎。今后，怕再也不会有人有机会进入展锦端的记忆了。

窗外天色昏暗，像被谁泼上了墨，三个人都喘着气，你看看我，我看看你，恍如隔世。

"咕。"

谁的肚子叫了一下。

阿筝尴尬地笑了笑："幻境里才一会儿工夫，现实里像是已过了好多天，我肚子都饿了……"

离雎歪着脑袋盯着她，好奇道："你衣服怎么破了？"

阿筝也觉得奇怪，翻了翻自己的衣服："难道是幻境里弄破的？怪了，幻境里我们不都是灵体嘛，怎么还能破到现实里？"

就像做了一场梦，他们三个忘记了梦中具体的人和事，只能笼统地记得，大概发生过什么。

除了展锦端和北堂遇，他们都想不起另外的一男一女是谁了。

"这样破着总是不太好，待会儿我给你补补吧，正好这儿有针线。"离雎也完全忘记了和阿筝的冲突，更不知道阿筝的绿衣就是被她割破的。

阿筝心上骤然聚了点儿暖意，她虽然不清楚自己的衣服是怎么破的，但总直觉不是什么太好的原因。岳泠澜没有发现她衣服破了，她一直反感甚至妒恨着的女子却发现了。

她对离雎的好感只维持了短短一瞬，因为她马上想起，在幻境里，她曾问过展锦端不思珉的所在，却怎么都想不起答案来。

而此时，离雎却似看穿了一切："你想知道不思珉在哪儿？"

"你知道？"阿筝疑道，"不可能，我不记得幻境里的事儿，按理说你也不该记得啊！”

离睢松开手，她的指尖凝了一粒血珠，手心里静静地躺着枚绣花针：“被展锦端推到梳妆台上的时候，看到了它。我想起现实里，正巧也拿着它，所以就碰碰运气，用它扎破手指看看，没想到真的有效，从那时起，我保持了清醒，一直到最后一刻。”

岳泠澜轻轻揽过她，眼中满是自豪之色。

阿筝喜道：“那你快说，不思珉在哪儿？”

“在顶灯里。”离睢答得不假思索，眼睛却注视着展锦端绣床旁的一只花瓶。

阿筝本就多疑，见离睢如此，想当然地一个箭步冲到花瓶前，而岳泠澜则飞身将那顶灯摘了下来。

那顶灯里，卧了块发着幽幽冷光的木化石，单看外形，的确有几分神秘。

阿筝气道：“好啊离睢，你诓我！”

离睢一脸无辜：“我告诉你它在顶灯里了，是你自己不相信的。”

说着，她躲到了岳泠澜的身后，可怜巴巴地看着阿筝：“再说了，你和小山都要不思珉，可不思珉只有一个，我自然要为小山打算。”

岳泠澜俯下身，刮了一下她的鼻子，轻轻在她耳边道：“好媳妇儿。”

离睢羞红了脸，这一番共患难后，她觉得自己和岳泠澜的关系又近了一些，想到这里就不由得开心起来。这种感觉，不像是一见钟情的两个人在互相磨合中慢慢贴近，而像是，她在伸手不见五指的虚空和荒野中跋涉了太久太久，终于回到了她一直藏在心底的那个人身边。

“快把它打开啊，不思珉一定就在里面！”阿筝瞪了他二人一眼，急着催促，岳泠澜却淡淡道：“打开？我看还是打碎的可能性比较大吧。我们不知道不思珉的大小形貌，盲目动这块石头，只会功败垂成。”

“那该怎么办？”阿筝知他说得有理，却还是有些不服气。

“只能快点儿和汐回他们几个会合，再想办法完好无损地取出这石中物。在此之前，得妥善藏好这块石头，你这么急，要不你来？”岳泠澜擎着木化石在阿筝眼前一晃。

“我……我不行的……”阿筝连连摇头，她的确很想得到不思珉，但她对这种木石之物了解不多，凭她一己之力，确实没法保证能成功地取出不思珉。

岳泠澜早料到她会有这样的反应，便很自然地将木化石藏了起来。

距离他们一丈之外，离雎抱膝坐在门槛上，看着天边昏沉的墨色。

岳泠澜在她面前慢慢蹲下：“在想什么？”

“突然有点儿难过。”她轻轻道，“我在想，那个男子当年真正选择的，是谁呢？”

不知这是不是悬魂镜的特有效果，他们自出了幻境，就像被谁有意抽走了部分记忆，别说是幻境里的细枝末节，就连除了展锦端和死去的北堂遇以外的那对男女姓甚名谁、是何身份都忘却了。但那个男子做出的选择，离雎却记得清清楚楚。

岳泠澜不说话，只让她把头靠过来些，给她重新系上了那根红色发绳。

“我好像问了个傻问题。”离雎垂着脑袋看着地面。

幻境里的选择，是岳泠澜给那个男子的。而真实的情况，随便一猜就能想到。那个人必定是选择了展锦端，不然她不会如此重视那段记忆，不会充满欣喜地给有缘人留下不思珉的线索。

那另一个被辜负的女子，她又该如何自处？离雎虽然已记不清她的面貌，却仍隐约有数，那是一个极其骄傲美丽的女子。

“那个男人，把两个女子当作物件一般，放在天平的两端。”岳泠澜见她如此黯然的模样，心中一疼，缓缓开口，“谁受了伤，在他心里的重量就多一分，他凭着一时的冲动做出的所谓选择，可笑至极。我想，他的余生，一定充满了后悔。”

“那你呢？”离雎目不转睛地盯着他，“你选了我两次，这又是为什么？”

幻境里，北堂遇临死前掷出匕首，他毫不犹豫舍近求远地保护她；在那个漩涡里艰难行走生死一线，他又是第一时间把她送回安全的现世。

按他刚才的说法，是不是可以理解为，她和阿筝，也是一样在天平两端，只不过，她比阿筝要重一些呢？

可就算是这样，她还是高兴不起来。

岳泠澜失笑，摸摸她的头："我和他不一样。对我而言，这从来就不是一个二选一的问题。"

自始至终，他心里只有一个离睢，没有别的女子，也没有什么天平，他从没有把她和阿筝放到天平上去衡量过。

岳泠澜的脸和离睢的靠得太近，她都不敢呼吸了。

她很满意他的回答，却又很快抿了唇，欲言又止。

"还有话想对我说？"他耐心地问道。

离睢不好意思地点点头："我也饿了。"

第十章 谁情深如诗

阿筝咬着野果，在篝火旁活动着筋骨，时不时地偷偷瞄一眼离睢。她刚才不也在喊饿嘛，所以岳泠澜才猎活物去了，怎么现在她倒安然地靠着膝盖睡着了？

展锦端的竹屋早就被他们抛到后头看不见了，荒郊野外的，就剩了她们两个女子，岳泠澜还真够放心的。

就算没有野兽，阿筝我也不是什么善茬啊，怎么一点儿戒心都没有？

尽管这样嘟囔着，阿筝还是蹿到了熟睡的离睢面前，往她的裙底塞了俩新摘的野果。

夜风吹来，阿筝拢了拢衣口，离睢已经给她缝好了衣服，虽然衣上有了条格格不入的线痕，但比起之前，不知怎的好像让人觉得更暖了些。

离睢睡得很香，她明明也生了双顾盼生辉的桃花眼，却有本事让人觉不出一丝风尘之色。阿筝的目光直愣愣地锁着她，突然发现，她们还真有几分神似，也难怪当初，冰沁会对岳泠澜说出“疑是故人”之类的话来。

阿筝扒拉着火堆，回想那时，她混入枕菡榭，确实是冲着岳泠澜去的，但她并不是刻意学着离睢的模样去引起他的注意。她又不知道离睢长得什么样。

她活到二十来岁，一心想做的就是赢，赢岳泠澜，得到不思珉，赢离睢，得到岳泠澜。可当那日在悬崖边上，她看到离睢的那一刻，她绝望地发现，她这辈子，都不可能赢她了。

若论美貌，离睢和她或许是各有千秋，可那日，即便她就站在岳泠澜身边，离雎离他数丈之远，他们之间，却平白地笼起了一种天衣无缝的默契。

这种默契，让她百爪挠心。

她学过无数的武功术法、霹雳手段，唯独学不会甘心。

她怎么可能甘心？慕颜洲里所有知情的人都告诉她，岳泠澜和离雎两小无猜，情投意合，是天造地设的一对，可谁又会知道，她也在很久之前，就开始了对岳泠澜的倾慕呢？

那个晚上，他抱着年幼的离雎坐在窗边，与她有过一面之缘。

不知是他过于敏锐，还是当年的她武功不济，他从漫天流萤中抬起头，神情漠漠地瞥了她一眼。

随后，他做了一个噤声的动作。她这才留意到，他怀中的女孩儿已经睡去，就和今天一样。彼时，她尚且不知道离雎的姓名容貌，就已经开始了嫉恨。

他根本就没有记住她，她却一刻都不曾将他忘记。

阿筝从来都不敢说她认识岳泠澜，单方面的认识是那样微不足道，所以她等了许多年，才等来这样一个机会，可以光明正大地和他结交。

或许，如果不是因为岳泠澜，她和离雎真的会成为朋友。毕竟，离雎和她是不一样的，她常年待在地下，与阴冷黑暗为伍，离雎呢，她的心地和月光一样，不刺眼，却透亮。

脚下滴溜溜地滚过来两个野果。阿筝皱起了眉，离雎是怎么回事，难得好心好意地分果子给她，不领情就算了，还这样野蛮地踢回来？

她正要生气，刚站起身却见离雎不知什么时候已倒在地上，全身剧烈地痉挛着。阿筝吓了一跳，哪还有闲心气恼，忙上前扶起离雎，却见她双眼紧闭，死死咬着牙关，极力不痛呼出声。

离雎的这种痛法，比那日在崖上，阿筝亲眼见到的还要惨烈。芷汀说她先天有疾，不知是什么样的疾病才会如此可怖，脸上毫无血色不说，整个人都像没有骨头一样地弓着身子，阿筝试着去碰她，发现虽然她身体蜷缩成了这个模样，身上却都是僵的。她没有流下一滴冷汗，可她浑身冰冷。

阿筝舔了下唇，倒出颗避毒丹，想给离雎喂下去，手腕却一沉，她惊愕地回头，看着刚刚赶回的岳泠澜。

他把阿筝拉开，小心翼翼地把离雎圈进怀里，上下有节奏地轻抚着她的后背，在他的安抚下，离雎虽然还是睁不开眼，身体却明显软了下来。

阿筝有些无措，解释道："你别误会，我想给她吃的是避毒丹，不是毒药……"

"我知道，谢谢。"岳泠澜快速回应着，"但那对她没有用。"

他撩起离雎额前的发，手指贴了贴她的眼皮，轻轻拍了拍她的脸道："小玉钩……你听得见我吗？"

离雎的睫毛颤了颤。

"痛就喊出来。"他继续引导。

离雎没有吱声。阿筝忍不住道："她究竟得的是什么病？就算是中毒中蛊，发作起来也不带这么吓人的，一粟海本身不就是治病救人的吗？十渡怎么任由她这样？"

哼，一粟海。岳泠澜冷笑一声。他倒真想找机会好好问问十渡，他的小玉钩怎么会到了她那里去，被抹了记忆不说，还往她脑袋里塞了那么多乱七八糟的假象做替代。

她的病，自小就是他的心事，他不知花了多少时间和心力，才使她稍有好转。可如今呢，十渡把他护了多年寻了多年的至宝偷了去却又不善待她，非但不给她治病，还不知对她做了什么，弄得他现在也只能堪堪稳住她的病情，一点儿办法都没有。

忽然，离雎猛地睁开眼，大声呼起痛来。

阿筝微掩了口，岳泠澜却松了一口气，他贴着离雎的脸，温柔却又控制不住焦急地问她："这次是哪里痛？"

离雎把头埋在他怀中，断断续续地说："……肚子疼……"

她的手按在腹部，关节都已发了白："像有好多刀子……在绞……"

岳泠澜的掌心覆在她的小手上，微微颤抖着。短短几天之间，她就发了两次病，比起上一次的全身疼痛，这次疼得更凶，也更集中，按他以往照顾她的经验，必须唤醒她的神志，并且赶紧让她吃药，否则，她会活活疼死。她这个样子，撕扯着他的五脏六腑，让他连带着周身经络都疼了起来，可他却只能帮她轻轻地揉一揉，除此之外，什么都不敢做。

是他疏忽了，早在她第一次发病的时候，他就该赶紧想办法带她回到崖上，回到夜明生和云岁成的家里去，汐回在那里。什么秦家庄天匿族，什么展锦端不思珉，现在想来，通通耽误了救离睢的时机。

"泠哥哥……"离睢呜咽了一声，他忙轻声应着，低头去看她，她的眼神却空空荡荡的，像是在梦中呓语，并不是真的看见了他。

他一把抱住她的头，眸色愈冷。

阿筝看得有些发怵："都这节骨眼了，你在想什么啊？这样抱着她有什么用，不是该想想办法救她吗？"

"我在想一些事。"岳泠澜沉声道。

他现在更不能慌。

阿筝识相地噤了声。

"霜吟和雪语都会寻人辨声，当年霜吟跟着小玉钩一起消失，我派雪语去寻，它却也不见了。"他垂目思索着，"先前我以为雪语出了意外，现在一想，它必是找到了霜吟，才不肯回来。既然它们寻人的本领这样好，相隔千里都能找到小玉钩，现在我们不过在寒潭附近，而当日它们就在崖上，不可能时至今日都找不到我们。"

"你的意思是，它们被什么事或者……什么人给绊住了，所以才迟迟没有出现？"阿筝咬了下指甲，"会是谁呢？你和离睢，有没有什么仇人？"

若不是此刻他的心已被离睢的病填满，岳泠澜真想白阿筝一眼，她说的不都是废话吗？慕颜洲的仇人，何止千万。

“她发病间隔太短，必须赶紧想办法回到崖上去。”怀中离雎的身体又发起热来，她额前的发也已在不经意间被汗打湿，岳泠澜摩挲着她的脸，“只有汐回能救她。”

“别开玩笑了！”阿筝哼了一声，“你急糊涂了吧，就算汐回是神医妙手，也不可能一下子给你变出药来，更别提就离雎这症状，我在长离看遍了各种毒药在人身上发作时的模样，没一种有她这么可怕的，能治她的药一定难配得很！”

“我告诉过汐回，小玉钩的药，必须常年带在身上，以备不时之需。”他的声音一贯的清冷。

阿筝咋舌，半天才道：“她离开你不是都六年多了吗……这么长的时间里，她人都不在，你还让汐回给她备着药？”

“每一天。”他替离雎拭着汗，目光清亮。

阿筝扶额：“得得得，你厉害……那说了半天，现在到底该怎么回到崖上去？我们又不是你的霜吟雪语，飞不起来的！”

“靠你。”岳泠澜丢出一句。

“啊？”阿筝一时没反应过来。

“你有办法下来，自然也有办法上去。”他突然转头看向阿筝。

阿筝眼波一滞，血琉璃有条专门应付悬崖的犀骨长索，当日就是靠着他的这条绳子才下的崖底，就这样她也免不了一番折腾，还在崖下的河里呛了好几口水。现在长离三劫按她的吩咐就在附近待命，要唤他们过来自然容易，可是……

“可是我为什么要帮你们？”阿筝笑道。

其实她想说的是，我为什么要帮离雎呢？

“不思珉，”岳泠澜像是早已料到了她的反应，“你不是一直想要吗？”

阿筝愣愣地看着他，心中一阵翻滚：“你肯把不思珉让给我？就为了她？”

“不思珉是姑姑要的东西，我不能直接给你。”岳泠澜淡淡道，“但我可以承诺你，等打开这块石头，取出不思珉，我可以把它借你一用。你该知道，若按姑姑的意思，你现在已经是个死人了。”

“你还要威胁我？搞搞清楚现在是谁在求谁好吧！”阿筝气不打一处来，“再说了，借我一用？不思珉用过之后还会有剩吗？”

岳泠澜闻言迅速抬起头：“你也知道不思珉的真实用处是什么，对吧？”

阿筝哑住了，这个男人的心和脑子到底是什么做的？到了现在这样紧要的关头，他明明也因为离睢的病焦头烂额了，却还不忘记套她的话。

“看来我猜对了，不思珉的作用，是死而复生，并且只能用一次。”他放缓了语气，“阿筝，我大致能猜出姑姑要救的是谁，尽管我从未见过那个人的尸体。我虽然不知道你要谁活过来，但我可以明确告诉你，我对用不思珉救谁根本不感兴趣。我想护住的，只有一个人而已。”

“所以你的意思是，只要我今天救离睢上去，等拿出不思珉，你就会把它给我？”阿筝说不出心里是什么滋味。

“我永远都不会背叛姑姑，所以，我还是会把不思珉带回给她。”岳泠澜直视着阿筝，“但是，之后，你想怎样争抢，我都不会出手阻拦。”

这已是他在两全的前提下做出的最大让步了。他若阻拦，怕是比观音都能克制她，阿筝心里清楚。他这样说，便是给了她争抢的机会，若不是因为离睢这次突如其来的发病，她是连一点儿机会都不会有的。

和他明里暗里交手多时了，她早已明白，她根本就不是他的对手。

阿筝尚未回答，裙摆忽地扬起，眼前沙土飞卷，她遮了脸，却直觉有剑光逼近，带着无比锋利的剑气。

她还没来得及躲开，只见岳泠澜抬手一指，那柄剑已被远远弹开。

这个夜晚没有月亮，只散落了几颗寥落的星星。若不是因着篝火，阿筝大概得等来人走到眼前，才能看清他们的模样。

从前方暗处走来一男一女，那身材高瘦的黑脸男子还牵了只正死命扑腾着翅膀的大鸟。

“霜吟？”阿筝失声叫道，“原来是你们扣住了它！”

岳泠澜并没有理睬因见了他表现得十分激动的霜吟，只对那陌生的中年女子开口道：“前辈何苦为难我的朋友？”

岳泠澜说，她是他的朋友。阿筝脸上一热，不合时宜地想着，幸好是晚上，别人应该看不出她脸红了。

“只是送还小徒的剑罢了。”那女子不点铅华，眼神浮动，却有万千威严，乍一看，竟是一副飘飘然的神仙模样。

岳泠澜眸中冷光闪烁，臂上却一暖，离睢不知何时已醒了，她蹙眉望着来人，费力地就着岳泠澜的臂半坐在他怀中，唤道：“师父，墨师兄。”

“你就是十渡？”阿筝上下打量着十渡和墨争凡，“她是你徒弟，你不会不知道她有病，不抓紧时间救她就算了，你还捉了霜吟不放，不让我们上去，你安的什么心？”

阿筝的这番话倒是很对岳泠澜的胃口，这正是他想问十渡的。

十渡看着脸色苍白的离睢，没有说话，一旁的墨争凡倒有些急了：“师父，快让师妹服药吧，不然她熬不过去的！”

十渡看他一眼，目光如刀，墨争凡不敢再说，只能一脸忧心地看着离睢。

“还疼吗？”岳泠澜捂着离睢的手，她的手凉得能刺痛他的。她摇摇头，极力挤出个笑来：“不觉得疼了，就是没什么力气，你手这么凉，都没法给你焐焐。”

“舒儿。”十渡往前走了一步。

离睢没有听见，她眼中只有岳泠澜，她不太明白他为什么只牵了牵唇角，没有说话。岳泠澜却很清楚，哪里是他手凉，分明是她的手凉得感觉不到热度。离睢现在连痛觉都消失了，这已是回光之势，他怎么可能还说得出话来？

“舒儿。”十渡又喊了一声。

离睢这才有些茫然地回过头，不过几天工夫，她竟快要记不起“望舒”这个名字了。

“师父！”墨争凡又央求道，“再不给她吃药，她会死的！”

“死”这个字让岳泠澜忍不住一激灵，他逼视着十渡，道：“你不就是想把她的病拖到现在这个地步吗？你的目的已经达到了，即便现在我有办法回去，她也等不及我赶回家再拿药给她，所以你还在等什么呢？要我答应你什么条件，你才肯救她？”

十渡眯起眼：“我刚才隐隐约约听到你们谈论不思珉……”

阿筝低骂一声：“真是见了鬼了，怎么一下子全世界都要跟我抢东西，这老不死的不是一直标榜名门正派清心寡欲吗……”

离睢怕阿筝说漏嘴，及时止住她，咳了一会儿，道：“……我们的确在讨论该去哪里寻不思珉，但还没有头绪……师父，您几时对慕颜洲的东西有了兴趣？”

她声音本就不大，如今因为虚弱更轻了许多，“慕颜洲的东西”这几个字，却念得十分有力。

十渡被噎了一下，面上一白。墨争凡趁机奔上前，将那柄剑递给离睢，刚想触碰她，又被岳泠澜冷冷扫了一眼，只得收回手，道：“师妹快别和师父置气了，你这样贪玩，偷跑出来连剑都忘了带，师父是担心你才和我一同来寻你的。”

“可看师父的样子……并不想让我吃药……”离睢靠在岳泠澜怀里，吃力地握着那柄剑，又转而对十渡道，“师父……我们真不清楚不思珉在哪儿……无论您怎样为难小山……他也没法把不在手里的东西给您变出来……”

十渡慈和地望着离睢：“舒儿，我看你是病糊涂了，连你是谁的徒儿都忘了？你是一粟海的人，跟这种邪门歪道搂搂抱抱的，像什么样子？你该站到师父身边来。”

阿筝冷嗤一声："邪门歪道？不思珉可就是邪门歪道的东西，你的觊觎之心都写在脸上了，还装出一副道貌岸然的样子，恶心谁呢？"

十渡足下一动，已身至阿筝面前，劈脸就是一记耳光，阿筝躲闪不及，怒上心头，拔出短箫便与十渡战在一起。

阿筝的武功在年轻一辈中虽然出类拔萃，但十渡毕竟是一派掌门，数十年的修为远在她之上，数招过后，阿筝便落了下风。

岳泠澜看着十渡的招式，心中虽有把握与她战平，但即便将她制住，她若执意不肯救离睢，那该怎么办？离睢现在的模样，已经不能再拖下去了。

他一手仍揽着离睢，另一手微微抬起，离睢看出他的意图，知道他想要拿不思珉出来，忙按住他的手，扶着剑对十渡喊道："师父，您若再为难他们，弟子也没有别的办法，只能死在您面前！"

十渡闻言立即停了手，她喘着气，看着阿筝，暗想这丫头究竟是什么来头，年纪轻轻竟能扛下她处处用狠的大招，这一战下来，阿筝虽处于劣势，可十渡自己也没讨得半分好处。何况离睢身边，还有一个岳泠澜，看来今日，强抢不是办法。

想到此处，十渡便敛了神情，温声对离睢道："舒儿，你这说的是什么话，师父怎舍得你死，又岂会不救你呢？"说罢，她对墨争凡使了个眼色。

墨争凡大喜，忙掏出一粒赤色小丸，想喂离睢服下，可刚送到她嘴边就被岳泠澜夺过。亲手喂药这种事，他怎能让别人代劳？岳泠澜这样想着，便觉得自己的举动再正常不过了。

离睢哪还有力气管他的心思，或许是之前损耗太过拖得又久，她现在干巴巴地噙着那枚药死活都吞不下去。岳泠澜也不免急了，捉了她的手便想给她输些真气助她下咽，却不知十渡正阴着张脸悄悄踱到了他的身后。

十渡毫不含糊，提气便是一掌，岳泠澜余光已至，可离睢此时刚有了些力气，他无法抽身，便生生受了十渡这一掌。离睢又惊又痛，忙回头去看他，却被他一把按进怀里，她眼前霎时漆黑一片，只能听见他压抑的咳嗽声，什么都看不见。

十渡这一掌，用了十成十的功力，饶是岳泠澜再厉害，也阻挡不住那口急剧涌上的腥甜。他拭去唇边血迹，又阻了气得快要发疯的阿筝，冷冷地看着十渡。

这个仇，他记下了，总会有要她还的时候。

离睢彻底慌了，她挡在岳泠澜面前凄声喊道：“师父，你到底想怎样？”

“这样的卑鄙小人，你拦我干吗？就算我杀不了她，也不能让她这样好过！”阿筝蹲下身抓起他染血的衣袖，切齿道。

“她敢直接出手，必有所恃。”岳泠澜忍着喉头灼热，低低道。

这少年果然聪明。不仅聪明，还耐力惊人，这么久了都没吐出第二口血，她这套掌法蕴了强大的气劲，一掌下去，这股气劲在他周身游走，有他好受的。

十渡不露声色，伸手想拉离睢：“跟为师回去，你该知道，必须服下师父这里的第二枚青色小丸，这病方能止住。”

“我不走！”离睢甩开十渡的手，又生怕岳泠澜抛弃自己似的抓上他的手，他的伤让她痛得胸口抽筋，如果十渡不是她的师父，如果她有足够的本事，她一定会让任何伤害他的人付出代价。

“你不想活了？”十渡厉声道。

“小玉钩，你听我说，”岳泠澜抚着离睢的发，抵着她的额轻声道，“他们给你吃的到底是什么药，有多大的用处，我现在还不知道，但至少，现在只有这种药才能暂时保住你的性命，而这种药，只有你师父身上有。”

他温热的呼吸荡在她的周围，离睢眼皮一沉，按捺了许久却还是沁出泪来，她抱住他的脖子，哽咽道：“我不想走……你别不要我……我什么都听你的……你别赶我走……”

“我怎么会不要你？”岳泠澜都快被她逗笑了，“脑子里哪来这么多怪念头……又不是生离死别……”他想哄哄她，却胸口一疼。

他别过头去，那口血一时咽不下，只能含糊道：“时间不多了……你要记住，我在萱城沐阳郊……”

他说完夜云二人的那处住址，看她的发绳松了，便又将它系紧，别离在即，他仍不忘附在她耳边，打趣道：“你那个墨师兄，看样子很喜欢你。”

离睢哭也不是，笑也不是，正想解释，他又晃了晃手指，堵了她的口，他虽虚弱，眸光却很狡黠：“先前我的确有些担心……现在见到了真人……他跟我比差得实在太远……我相信你的眼光……我的意思是……这个人有用，可以用。”

离睢抬了头，见他唇色惨白，哀哀道：“你别强忍着，若有血就吐出来……”

他笑了：“我这人，向来爱面子，要好看……你知道，要是有血就吐，跟个趵突泉似的……再好看的人，都不会太好看了……”

十渡耐不住他二人如此，又听不清他们在说些什么，索性提了霜吟过来，拉开离睢便将她往它身上放。离睢意识到真的要和岳泠澜分开，本能地想要爬下去，墨争凡和十渡一人按住她一条臂不放，离睢死死盯着岳泠澜，剧烈地挣扎起来。

她没有说话，甚至没有给十渡或者墨争凡一个眼神，她的每一寸力气，都被用来反抗他们。十渡意外极了，她从来都不知道自己这个看似温柔和顺的徒儿也会有这样反应激烈的时刻。

十渡一时走神，竟被离睢挣开。她听不见十渡和墨争凡的劝说和威吓，也不管地面有多脏，满地的碎石子又有多尖利，她只是一门心思地向着岳泠澜的方向爬去。十渡大步上前拽住她，离睢被她拽着，心底一空，不祥的预感涌了上来，好像如果这次她和岳泠澜分开了，就再难有相见的时候了。

这样一想，她更失了理智，像只小兽般扑打着十渡，十渡手上一疼，竟被离睢挠出了血痕。她讶异地看着离睢，发现这丫头连眼里都充了血，这一眼，连十渡都生出了些害怕。

“你才说过，会听我的话。”岳泠澜的声音无波无澜，缓缓响起。

离睢却立时安静下来。

岳泠澜凝视着她，轻喝道：“回去！”

离睢咬住手背，痛哭出声：“我听话……我答应你，我会回来的……”

她不再抵抗十渡，任由十渡像拽个破裂的布娃娃似的把她抛到霜吟背上。霜吟不知是因为吃痛还是不想离开岳泠澜，也垂了翅膀，丧气地叫唤着，迟迟不肯走。

岳泠澜扬手想要打它，却还是顿住了。霜吟只是一只鸟儿，可连它都记得昔日的主仆之谊不肯离去，他又怎么能打它？

离睢趴在霜吟背上，呆呆地揪着它的羽毛，忽然想到了什么，嘶声喊道：“泠哥哥！我会想起来的，我一定会想起来的！”

听她这样认真地许诺，他不禁也湿了眼眶。

其实，他根本没什么把握，离睢若回了一粟海，或是什么连他都不知道的地方，她还会不会回得来。今日一会，十渡必定不会轻易罢手，她若再次对离睢的记忆动手脚怎么办？困住她不肯放又该怎么办……

他们重聚的时间那样短暂，他经历了多少不为人知也不能为人知的秘密往事，才熬到她回到他身边的那一刻。离睢对他们之间发生过的事，印象再深也不过这短短几日，他多么希望自己能一点点地把过去所有的事都告诉懵懵懂懂的她，没有人会比他更舍不得。可让她离开，她才能保住性命不是吗？无论如何，他都不能让她再出事。

篝火不觉间已经燃尽，离睢的身影也完全不见了。

岳泠澜突然拧了眉，喷出一口血来。

阿筝一惊，忙奔上前扶起他，他却像瞬时失去了一切强撑的理由似的，整个人都颓了下来。

他灰败了眼神，大口大口地呕着血，像快要把心肺都呕出来似的。

可就算是到了现在这样无力的时刻，他依然推拒着阿筝的触碰，阿筝又急又气，他视她为毒蛇猛兽，避之唯恐不及吗？美貌、武功、智慧，甚至健康，她比离睢究竟差在哪里？现在这危急关头，陪在他身边的是她阿筝不是离睢！他这样不给面子，她偏要更亲昵地对待他，让他更不自在。

她掐住他的下巴，非要把他的脸旋过来，他到底也没了力气，轻轻道："何必？"

阿筝一怔："你指什么？"

"明知你我不是一路人，何必自苦？"他撇开她的桎梏，往地上躺去，"如果我之前说得还不够清楚，那我再说一次，我心里不可能有你。"

阿筝的心思被他以这样毫不留情的方式说破，即使此时此地只有他们二人，她还是觉得无比难堪。她瞪大了眼，张了张口，抓了岳泠澜的肩便想问他到底为什么不可能，却发现他已昏厥过去。

有那么一刹，阿筝的脑子里是有过"罢了"的一闪念的。趁他不省人事，杀了他，夺了不思珉算了，哪怕她现在还对取出不思珉毫无头绪，但集长离阖宫之力，总会有办法。

她的短箫都已经探到他的脖子了，她用尽力气，却还是劈不下去。

为什么会这样？她杀过多少人，杀人时何曾给自己找过理由？爱慕她对她卑躬屈膝的人数不胜数，她取他们性命时又何曾有过心软？可为什么面对这样一个软硬不吃，油盐不进，从来不把她放在眼里更没有给过她半点儿希望的男人，她会这样舍不得？

她低吼一声，收回短箫按住额头，她额上早已大汗淋漓。

身后传来熟悉的脚步声。

她没有回头，低声道："我没有喊你们过来。"

沉碧舞草笑道："我们也是担心您，见您许久不传唤，才过来看看。"

鹤顶仙瞄了一眼岳泠澜，掩嘴笑道："多年不见，月生君的风姿更胜从前，也难怪您动心。"

"你不觉得你话太多了吗？"阿筝眼波妩媚，话音却冷，她转了转短箫，又对血琉璃道："还愣着做什么？把你的犀骨长索拿出来，我们要上去。"

"我们？"血琉璃走近岳泠澜，想探一下他的鼻息，却被阿筝阻下。她眸色更加幽冷："没错，我要带他上去。"

血琉璃嘴上称是，却一动不动。

阿筝笑了："我知道你现在在想什么，你们几个联手，或许能杀了我，这样就再不用听我摆布。可你们别忘了，就算我死了，长离宫里，可还有宫主在呢，你们觉得，没有化萤珠的帮助，你们还有几分胜算？"

血琉璃忙道："您别多心，我这就安排。"

崖风阵阵，寒潭凄清，一如从前。

阿筝半抱着岳泠澜，他一夜未醒，倒是让她省了不少跟他斗嘴的力气。他这个人也是奇怪，平日里总是不苟言笑，要多冷有多冷，现在睡着了，眉梢眼角都柔和了许多，显出一种别样的俊美无伦。

舞草见阿筝像是真对岳泠澜上了心，讨好道："您和月生君真是天下无双地般配。"

"可他心里已经有别人了。"阿筝喃喃道。

"您是说当年那个女孩子吗？"舞草笑道，"您放心，那个女孩子早就死了，您当年是没看见她的模样，小小年纪就是个美人胚子，一张脸活色生香的，比我手上做过的所有面具都来得漂亮，可惜太短命了些，要是长到现在啊，还不知是个怎样的美法呢！"

"她没有死，她只是失踪了，现在，她回来了。"阿筝有些怅然。

舞草却愣了愣："回来了？不可能啊，她真的已经死了！"

血琉璃轻嗤一声："你这么激动做什么，她死不死跟你有什么关系？"

阿筝也笑道："我知道你是想让我高兴，我也希望她死了……"

舞草急了，争辩道："不是，我说的是实话，六年前她就死了，这是我亲眼所见！"

怎么回事儿？离睢……死了？

阿筝惊觉舞草不像是在说谎，猛然抬头道："说清楚些！"

舞草指着岳泠澜道："您没问过月生君吗？他自己最清楚了，当年就是他亲手把那女孩儿放入棺椁之中的，那女孩儿浑身的鲜血都似被抽干了，状如干尸，怎么可能会死而复生呢？"

"这真是你亲眼所见？"阿筝觉得自己的血脉都偾张起来。

舞草点头："那女孩儿入殓下葬之日，我为您办事经过碧海青天，恰巧见到了这一幕，月生君将一捧捧黄土盖在她身上，这岂会有假？"

阿筝完全呆住了。真正的离睢，早在六年前就死了？岳泠澜知道，是他亲手埋的她？那现在的离睢是谁，岳泠澜又到底在做什么？

她迟疑着看向昏睡中的岳泠澜，打了个寒战。

遥遥望见夜明生他们的别苑大门时，阿筝有些恍惚，离开这儿不过寥寥数日，于岳泠澜、于她、于离睢而言，却像是经历了一个轮回。

长离三劫因为身份的缘故已被阿筝打发走了，失去了他们的帮扶，岳泠澜整个人的重量都压在她一个人身上。他虽身姿轻灵，可毕竟是个男子，阿筝搀得吃力，正暗自抱怨着，青石路上突然响起了沉稳的脚步声，分明是突兀的存在，却无端地令人安心。

随着这脚步声将静谧一齐打破的，是道修长挺拔的人影。

阿筝抬眼一看，诧愕道："萧渺？怎么会是你？"

最初她到慕颜洲，奉观音之命与她接洽并引她进枕菡榭的就是萧渺，对这个人，她之前并未多留意，只觉得他对观音唯命是从，没什么主见，可现在他这样莫名却及时地出现，想必此人也并非她以为的那样简单。

萧渺上前背起岳泠澜："我不放心汐回，过来看看。"

难道汐回和萧渺之间，也有故事？有点儿意思。阿筝直笑："你什么时候找到这儿的？好几天了吗？既然是来找汐回的，怎么不进去跟她说说话，光在外头傻等呢？”

她连珠炮似的问着，萧渺却只低头不语。

敲开别苑大门，汐回第一个迎了出来，她这几天大概也没怎么休息，目光黯淡，连眼圈都是黑的，可见到岳泠澜的那一刻，她的眼里一下子有了神采。她没有看萧渺一眼，只关心着岳泠澜的伤势，单是见到他衣上的血渍，汐回的眼眶里就忍不住噙满了泪。

阿筝急着揪出众人安置岳泠澜，早早地就冲进去了，汐回刚要跟进去，又发现萧渺还眼巴巴地看着自己，便道：“这几天我不赶你，是因为你虽然老在我们附近转悠，到底没有跟进来找我们的麻烦，再者师兄不在，我也没有心思管别人。谢谢你背师兄回来，现在你可以走了。”

萧渺叹了口气：“你何必一定要拒人千里呢？那件事，是我对不起你，但现在我也只是担心你的安危，想保护你罢了。”

汐回冷笑：“师兄已经回来了，我不需要你来保护。”她想要进门，萧渺却拦住她，半眯着眼道：“我从未见过少主流血。”

“你现在已经见到了。要不要告诉师父横生枝节，你自己决定。”撂下句又硬又冷的话，汐回抹落他的手，急急进门。望着她的背影，萧渺不禁苦笑，她一直都是这样的性子，表面温柔，实际上执拗又决绝。她怎么就不想想，他一路累死累活地赶过来，连栖身之地都是勉强，走？她要他走到何处去呢？

见汐回推门进来，阿筝忙拉了她到岳泠澜床前，道：“我简单地说了几句，涧花就好像吓傻了，暮雨一边擦血一边哭，阿夜和云楂向来是最不中用的，吵着去请大夫，好不容易才给我拉回来了。现在他们滚去烧水了。最奇怪的是唐似漪，大清早的跑我们这儿来就算了，岳泠澜跟她有什么关系，她有什么好哭的？我觉得她碍眼，就赶她回去了。”

“嗯，”汐回往岳泠澜的几个重要穴位上连扎几针，道，“一般的大夫哪里治得了江湖人的伤？再说我们这屋子的位置太偏，等找大夫过来，不知要耽误多少时间。幸好这些天我仔细看过，这里的花草大多有药效，也整理了不少……涧花，暮雨，拿着我的方子去熬药吧。当务之急是要帮师兄退烧。也不知怎么就烧起来了，还烧得这般厉害。”

“十渡这个老狐狸！”阿筝从床头走到床位，喋喋不休地骂着，“要不是岳泠澜拦着，我非要她见点儿血不可！”

“是十渡伤的师兄？”汐回止住她，“你别跳来跳去的，我眼睛都花了，快告诉我，你们这七天里究竟发生了什么事儿，师兄到底是怎么受伤的，还有……”汐回迟疑了一会儿，低头道，“那天在崖上的，是月姐姐对吗？那她现在在哪儿，为什么没和你们一起回来？”

七天？阿筝吃了一惊，原来他们在幻境中不过须臾，现实里竟已过了这么多天了吗？

汐回见她发愣，越发急了，晃了晃她道：“阿筝，你快说呀！和你们断了这么久的消息，我有很多事儿要问呢！师兄和月姐姐跳了崖，你也不见了人，这些天我只能带着霜吟和雪语傻等着，昨天霜吟又被不知什么声音拐了出去，我死命抱住雪语，它才没跟着走……好不容易把师兄盼回来了，他却成了这个样子……还有不思珉，当日我向师父辞行时，她有提起过这东西，你和师兄来萱城，是不是就为了不思珉？那有进展吗？师兄受伤，是不是也跟不思珉有关呢？”

“你一下子问这么多，我只有一张嘴，怎么说啊？”阿筝被晃得心烦，挣了汐回，又指指床上的岳泠澜道，“找到了又怎么样，找到了我们还不是不知道该怎么把不思珉从那块木化石里取出来？找到了这平时好像很厉害的家伙还不是被十渡那个老妖婆一掌就拍晕了？”

“十渡这一掌没有留任何余地，”汐回有些不满，“若是换了你，怕是立时就没命了！”

阿筝正想逞强，背后一凉，涧花和暮雨风风火火地冲了进来，端药的端药，盖被的盖被，阿筝看得头疼，把她们粗暴地轰了出去，关门的那一刻，却瞥见暗处藏了个人。

是唐似漪，她还没走？

她背靠着柱子，来不及躲，也来不及拭去眼角的泪水，只能硬生生地和阿筝对视了一眼。

她在哭什么？

阿筝装作没有看见她，关上了门，对汐回简单讲了讲崖下发生的事，当然，隐去了有关长离三劫的部分，省得汐回记起在他们手里吃的亏，徒增不快。

汐回望着睡得昏昏沉沉的岳冷澜，突然冒出一句："我知道师兄为什么要拦你。"

"啊？"阿筝不知道她指的是什么。

"我知道他为什么拦住你，不让你对十渡动手。"汐回补充道。

"这我知道啊！"阿筝打了个哈欠，她现在真是又饿又困，"十渡毕竟多吃了这么多年的饭，武功高得很，要是真动起手来，我怎么打得过她？"

"不是因为这个，"汐回缓缓道，"我了解师兄，他这个人，无情起来不会顾惜你一分一毫。如果你打得过十渡，他更要拦着你了。"

"为什么？"阿筝顿时有些心灰，又有些奇怪，话刚出口，她便依稀想到了什么，冷笑道，"为了离睢？"

汐回抬眸看她："按你之前描述的，当时只有十渡有法子救月姐姐，如果你伤了十渡，她破罐破摔怎么办？毁了那枚药又怎么办？你自然有办法让她见血，师兄却不敢拿月姐姐的命去赌。"

阿筝心头一凉。

汐回给岳冷澜喂了药，贴贴他的额头，又搭了他的脉，轻道一声"不好"，阿筝忙倾身一探，疑道："怎么了，烧不是退了吗？"

汐回却急得滚下泪来："我怎么这么笨啊！原来十渡这一掌最毒的是她蕴的那股气劲，师兄一定也知道，所以一直在自行运气疗伤，他发了烧，正是两股气在他体内冲撞对抗所致。本来如果我不自作聪明，他的伤势现在就该稳定下来了，可我这一碗退烧药下去，反而坏了事，他被十渡的气劲压制着，难以运气，这该如何是好？”

“有什么管用的药吗？若人力不能及，那药物呢？”没空陪她自责，阿筝像是想到了什么，目光灼灼地望向汐回。

汐回摇了摇头，嘴唇早已因为急惧咬得煞白：“没可能的。只听说过你们长离宫的‘桃花雪’可疏散当世任何气劲。可这种药物……准确地说，我并不清楚它是药是毒抑或是其他，这东西极为神秘，我自负通晓天下药物，却也从未见过它。更何况，长离宫和慕颜洲素来……”

“汐回，你确定离睢当年只是失踪了吗？”阿筝猝然打断汐回，她分明盯紧了岳泠澜的情况，嘴上问出的却是这样一个毫不相关的问题。

汐回哪有心思搭理她，阿筝却拉住汐回，加重了语气：“回答我，离睢只是失踪而已吗？”

“为什么这么问？”汐回被她震了一下，困惑道，“当年的事我并非亲历者，具体情况我也不知，可月姐姐若非失踪，又怎会突然不见呢？”

阿筝薄唇微勾，媚色惑人，字字句句却都像是敲在墓碑上一般的森冷：“离睢之所以消失，有没有可能是死了呢？”

汐回蓦地睁大了眼，她张着嘴，好半天才缓过来：“你胡说什么呢？她要是死了，那我在崖上遇到的，还有和你们在崖下找不思珉的是鬼不成？”

她努力不流露出怒意，反握住阿筝的手：“我知道你为人张扬无忌，也知道你对师兄大抵存了怎样的心思，这我都能理解，可你为了一己之私在背后这样诅咒月姐姐，到底过分了些。再者，现在我们该关心的是怎么救师兄，不是吗？”

阿筝扫了一眼汐回握住她的那只手，嘟囔道：“我问这问题，正是因为我想救他，我可不想千辛万苦救活了他却是为离睢做了嫁衣……”

汐回没有听清，正要再问，阿筝却抽回手，淡淡道：“行了，我知道了，不就是‘桃花雪’嘛。”

清脆的声音如漫天轻舞的银铃小雨，才露了些痕迹，顷刻间已随着声音的主人飘然而去。窗户大开，未及汐回意识到眼前掠过的是阿筝，空气里留下的只有她的衣袖拂过庭中花树的声音。

有门不走，非要跳窗，这个阿筝。

汐回立在窗前，霞色漫天，恰如桃花伴雪。她清楚地知道，阿筝是去做什么。

“桃花雪”是长离宫得以纵横江湖的奇物之一，阿筝纵然武功高强，可按她之前的说法，也不过是一名普通的门人罢了，她该去哪里拿这种药？会不会因此受到冷折鸢的责罚？不过数日结交，岳泠澜又是冷清至极，从未对她好言相待，她如此……又是何苦？

此刻在屋外一样望着霞光出神的还有唐似漪。她背靠着墙若有所思，直到视线里出现了一双赤色的鞋翘，她才微仰了头，对来人打了个招呼：“萧大哥，你也没走？”

萧渺看了眼紧闭的大门：“我也有挂念的人，和你一样。”

“我知道你是挂念我，”唐似漪目露感激，“从以前到现在，其实你已经帮我很多了，如果没有你，我活不到今天。”

萧渺本想告诉唐似漪，她似乎想多了，他挂念的一直都是汐回，但看见唐似漪难得卸下防备的模样，想到一些旧事，便也不忍让她失望。

听她提及生死之事，萧渺忆起了什么：“自别后一晃数年，一直没有机会问你，看样子你身上的蛊毒已经解开了？”

唐似漪没有回答，却从衣襟里掏出了一本长形古书，悻悻道：“当年你送我这本《四海拾遗》，说可以用它和长离宫交换解药，却不承想，冷折鸢对这世间的奇珍异宝根本没有兴趣，又怎么会因此救我。”

萧渺默了一瞬，是他当年没有考虑清楚，帮了她却没有帮到底。可看唐似漪如今的气色，并不像是个被蛊毒折磨多年的人啊。他看着她，心念一动：“那你是怎样拿到解药的？”

唐似漪的声音变得沉郁起来：“我告诉冷折鸢，她要找的不思珉，只有慕颜洲的人才知道下落。”

萧渺压低了声音："原来是你出卖了消息给长离？"

"对，是我！"唐似漪恨恨道，"可是别忘了，不思珉属于慕颜洲这件事，是你透露给我的，你也脱不了干系！"

萧渺浑身一颤，他没有想到这个印象里柔弱无助需要他倾力相助的女子竟会露出这样可怕的神情，可唐似漪几乎在同时转换了表情，拉住他的手便道："萧大哥，我一时口不择言，你原谅我好不好？只有你知道，我被那蛊毒折磨得有多痛苦，我只是想活下去而已啊……传了那个消息，我也只得了一半解药，最难受的还是我啊……再者，我也没有做任何对慕颜洲不利的事，求你别把这事说出去，尤其是公子……"

她提到"公子"时，目光一下子亮了起来，仿佛那就是她唯一在乎的两个字，萧渺却觉得她多半是疯了。他怎么可能会傻到跑去告诉岳泠澜，这样一来不就明摆着告诉所有人，他和唐似漪早有纠葛，甚至和长离也有勾结，那他跳到黄河都洗不清了。

他定了定神，越发低声："你放心，我从未见过你，今天也没有跟你说过话。"

唐似漪放松下来，这才肯收回手。见她有些恍惚，萧渺又生出了几分怜悯："你方才说只得了一半解药，那另一半，你预备如何得到？"

唐似漪抓了抓自己的头发，苦恼道："冷折鸢说，只要我帮她找到不思珉，她就肯给我另一半解药，可是，刚才我偷听到，那个阿筝说他们已经找到不思珉了，只是尚不知道该如何把它取出，那我该怎么办？"

她目光楚楚地望向萧渺："萧大哥，你救救我！"

"取出不思珉？从哪里取出？"

"好像是一块木化石，我听她这么说的。"

萧渺略略一想，豁然开朗："《四海拾遗》里记载了那么多种各式各异的木化石，你一一对照，必有所获，就算长离原本对这本书不感兴趣，现在还会不感兴趣吗？"

唐似漪一喜，正想与他仔细商量一番，远远地却瞧见阿筝一步三喘地走了过来，忙示意萧渺离开，理了理乱发，静静地等着阿筝过来。

不知怎的，阿筝的行动比往常迟缓了许多，仿佛每走一步都累极了似的，她见了唐似漪，也懒得理睬，刚想进门，唐似漪却主动迎了上来。阿筝便也不说话，只歪了头抱着臂看她。

唐似漪叹了口气："阿筝姑娘，我们都是为宫主办事的，你为何总是看不惯我？"

阿筝的眼神凌厉起来，这个女人，一个人鬼鬼祟祟地赖着不走不知安的什么心，现下又把话说得这么直白。她心虚地往门缝里瞄了一眼，心想，幸好岳泠澜还晕着，否则让他知道自己一开始就是和她一搭一唱，非被他扒下一层皮不可。

"我为什么看不惯你？"阿筝轻嗤道，"没错，宫主是跟我说过有你这么一个眼线，我就是因为知道你是要帮着我们长离找不思珉的人，所以才配合你让你寻了个由头混进来，可你都做了些什么呢？你非但对找不思珉毫无建树，还瞒着宫主找了个慕颜洲的丫鬟回来，真是莫名其妙，你在打什么鬼主意？"

"涧花出现，只是因为她想念公子。"唐似漪轻声道。

"她想不想念岳泠澜关你什么事啊？真把自己当救世菩萨了？"阿筝忍不住骂道，"你别耍花样，宫主说你和慕颜洲有仇，所以我们才帮你的，可我看你每次见了岳泠澜就两眼放光，不像有仇倒像是有情！"

唐似漪觉出她话中的醋意，也不辩解，只将那本《四海拾遗》奉上，央着阿筝想办法通知冷折鸢，好讨得那另一半解药。不料阿筝只粗略翻了翻，便将那本书塞回唐似漪怀中，埋怨道："这字七歪八扭跟蚯蚓似的，谁知道写的是什么，你回头找岳泠澜吧，他说不定知道。"

唐似漪听了简直哭笑不得，她一心想帮长离争取不思珉，阿筝却把机会拱手让给慕颜洲？也不知她到底是什么人，冷折鸢如此信任她，什么重要的事都由她直接去办，都快被她搞砸了也不管管。

阿筝可没时间对唐似漪多做解释。她费了多大的劲儿才让岳泠澜开始正眼瞧她，现在她又为治他的伤百般奔忙，这一切不都是为了和他亲近些吗？她可不想为了不思珉，现在就开始和他对立争抢，那她所做的全部努力不都白费了吗？再说了，取出不思珉这事儿，有岳冷澜的帮助，只有好处，没有坏处。

阿筝推开大门，又缩回脑袋，对唐似漪警告道：“我告诉你，我之前根本就不认识你，也没见过你，今天更没有跟你说过话，你可不要跟人乱说，尤其是跟岳冷澜！”

门被阿筝十分粗鲁地关上了，唐似漪有点儿发蒙：今天这是怎么了，一连有两个人告诉她和她从无瓜葛，可偏偏这两个人都和她有着说不清道不明的关系。

汐回在屋里踱步，想象着阿筝可能遭遇的危险，她越想越担心，翻箱倒柜地找着可能派得上用场的疗伤用具，可她还没把这些东西准备好，阿筝已经轻轻盈盈地跳了进来，依旧是如花容颜，鲜艳欲滴。

只见她手上拈了粒饱含桃花水色的小丸，那大概就是桃花雪了。汐回忙帮着侍候岳冷澜服下药，回身却见阿筝正趴伏在他身侧，一副难得沉静的模样。绿衣轻覆在岳冷澜的脸上，阿筝凝视着他，神情专注又珍惜，那一刻，汐回竟忘记了将她拉开。

岳冷澜是离睢的，可眼前的绿衣女子，却让汐回生出了难以抹去的不忍心。因为不忍心，所以失去了往日的洞察力，因此，汐回没有看到，阿筝在床边嚷着累时那一瞬间枯败下来的眼神，也忘了去问她是怎么找到桃花雪的，有没有遇到什么麻烦。

岳冷澜仍是昏睡着，他的面色依然苍白，却不再骇人，血色慢慢地浮了上来。汐回松了一口气，对阿筝也改观了不少，她虽个性古怪，行事泼辣，对岳冷澜倒是有几分真心。

汐回偷偷瞥着阿筝，阿筝的眼皮动了动，懒散道：“想问就问，你想问我怎么弄到桃花雪的是吧？其实这玩意儿不难到手，要发挥作用关键也不在于药物本身……”

“不是，”汐回莞尔，“我其实是想问你，为什么肯为师兄冒险？”

“因为我觉得，你说的不对。”阿筝盯着岳泠澜，“他对我并不是全无顾惜，就在昨夜，他为我弹开过一柄剑。”

正因为他待人素来无情，所以这一点点的顾惜，对她而言，才会如此珍贵。这样一个男子，如同一洞深不可测的宝藏，他越是一副生人勿近的形容，便越激起她挖掘的兴趣。她是目睹过他对离睢的好的，既然他也是能对一个女子温柔疼惜到那般地步的，那那个女子为什么不可以是她？

她从小到大得到的东西都是她争来的，岳泠澜凭什么例外？何况，离睢身份成疑，来日方长，她们两个，尽管走着瞧。

汐回见阿筝久久不说话，以为她累了，想到她忙了这么久连东西都没吃上，便好心端了些糕点过来，边递给阿筝边说了个笑话。

汐回是个老实姑娘，讲话轻轻柔柔正正经经的，她会的笑话自然也不会太好笑，可看她这样卖力地逗自己开心，阿筝也不好驳她的面子。

于是她便支着脑袋，有一搭没一搭地跟汐回说着话。汐回好不容易说完了笑话，阿筝想配合着为她鼓鼓掌，便站了起来，不料脚下步子一浮，一时站不太稳，反倒往床边退去。

几乎是同时，阿筝觉得自己的身子被一双手轻轻托了一下……她愕然回头，却见岳泠澜正偏着头漫不经心地望着她，神色萧散，慵懒至极。他墨发下披，衣裳微敞，精致的锁骨嵌在玉白的肌肤中，若隐若现。

只听他难得地温和，柔声道了句“去休息吧”，阿筝捂着鼻子，拼命克制着即将喷涌而出的鼻血，许久才平静下来。

都道美色惑人，岳泠澜的男色简直能杀人。

不敢再看他，阿筝只能低了头，闷着嗓子道：“哦……啊？”

岳泠澜微微摇头，重复道：“去休息吧。不累吗？”

“啊？”阿筝脑中嗡嗡作响，已无法正常思考。

“桃花雪。”岳泠澜唇边弧度轻勾，人已又躺了下去。

“啊？哦……”阿筝的脸“唰”地红了，她捂了捂脸，有些慌张，“那什么，没事……我……我是自己甘愿的……你要是死了……我一个人要把不思珉拿出来……有点儿困难……你……你可别多想……”

素来伶牙俐齿的女子此刻结巴得实在可爱，岳泠澜蓦地想，若此刻如此模样的是离雎，他必是要好好打趣她一番的。

可眼前的女子终究不是离雎。他便按捺下来，道了句：“多谢。”

阿筝一时不知该如何作答，只觉得深深浅浅的欢喜都涌了上来，羞赧间，岳泠澜已闭了眼睛沉沉睡去。

这娇生惯养的公子哥！阿筝低低骂了句。

眼见阿筝靥生桃妆，眸含杏雨，汐回左瞧右瞧，都瞧出了难掩的娇羞。哈，她竟然也会娇羞？

或许是因着岳泠澜已经好转，阿筝心下轻松，顿觉睡意更甚，便回了自己房间，一觉睡到了翌日中午。

汐回却不敢离开，她趴在桌上眯一会儿醒一会儿，直到头顶现出了一张白白嫩嫩的大脸……汐回吓了一跳，抚着心口道：“夜兄弟，你做什么？”

夜明生讪笑着：“汐姑娘，我看你太累了，想来问问有没有什么忙是我帮得上的。我知道，我太没用了，当初说好了要跟着公子闯荡江湖，可什么事儿都没办成，连寒潭都进不去，你也不是我救的，现在公子受了伤，我却连个及时的大夫都找不到……”

他自我检讨得十分真诚，一桩紧接着一桩，汐回听得脑壳疼，安慰道：“这说的哪里话，你做得已经很好了，你……”

她想了想，实在想不出夜明生有做成过什么事儿，气氛一度有些冷，她灵机一动：“没有你，我们到哪儿找一处这么合适的安身之所啊？”

夜明生听得感激涕零，身后却飘来了一阵薄而清透的笑声。

岳泠澜什么时候醒的？他还笑了，他竟然会笑？

夜明生眨巴着眼，岳泠澜竖起两个指头，慢悠悠地说：“我有两件事需要你去办，它们能证明你很有用。”

夜明生忙支起耳朵。

“第一，散布我受伤的消息，不用太远，在萱城就可以。”

“可是公子，您的伤不是已经好起来了吗？”夜明生傻乎乎地问着，迎上了岳泠澜似笑非笑的眼神，忙挤挤眼睛道，“是是是，我马上就去，造谣这事儿我最拿手了，不过，我得怎么形容您受伤的程度呢？”

“就说我病得快死了。”岳泠澜一本正经道。

汐回想笑又不敢笑，又听他继续道：“第二件，去忘忧街，查唐似漪。”

夜明生激动起来：“我早就觉得那个女人有问题了！这我知道该怎么办！您放心，我一定会查清楚，那里究竟有没有这么个人，看她是不是在说谎！”

“她都主动提起家在何处，又怎么会不住那里呢？”岳泠澜看着夜明生，心想这小子要是再聪明一点儿就好了，省得他解释这么多，“我要你去查的是，那里有多少唐姓人家，是一直住在那儿的，还是搬过来的，如果不是土生土长的本地人，那他们是多久之前搬过来的，懂了吗？”

岳泠澜的意思，夜明生琢磨出了几分，他正要去办，却又被岳泠澜喊住，只见他敲了敲手背，低声道：“这第二件事，不要告诉阿筝。”

夜明生和汐回同时一怔。

打发夜明生出去后，汐回忍不住问道：“师兄，你不放心阿筝？我看她对你真的很关心……”

“自从唐似漪这个人出现，阿筝身上千步香的味道就没有完全散去过。”岳泠澜神色淡淡，看不出喜怒，“就在昨天，她带桃花雪回来，身上香气更浓，显然刚和唐似漪接触过。她们既是旧相识，私下一直有往来，却互相装作不认识，你觉得，我该放心？”

汐回不死心道：“可你身上也有千步香啊，她身上的香气，也可能是因为跟你接触了才沾染上的……”她话说了一半，再不敢说下去。

她这是怎么了，被阿筝的一粒桃花雪感动得昏了头了？岳泠澜是什么人？有洁癖不说，更厌恶跟人近距离相处，尤其是对除离睢以外的女子，从来都保持着近乎冰冷的礼貌，他怎么可能会和阿筝有什么亲密的接触呢？

可是阿筝……没日没夜寻找岳泠澜下落的是她，将他带回来的也是她，为他找药疗伤的还是她，她对岳泠澜的情意，确实令人动容啊。汐回见岳泠澜没有责备她，便壮了胆子道："师兄，我还是觉得，她不会害你。我知道你心里只有月姐姐，可你也该记着些别人的好处。"

"汐回，"岳泠澜没有抬头看她，"你看得太浅，想得又太多。"

他早看出端倪，却这么多天都没有揭穿阿筝和唐似漪相熟这件事，本就是他能给阿筝最大的宽容。

他闭上眼，不再说话，汐回见状，识趣地退了出去。

正是落花时节，每每风过，总会有些花瓣飘进屋来。

哪怕窗户都已被钉死，大门时时刻刻都有墨争凡盯着，春色却总是很慷慨。

离睢抱膝坐在床上，安静得像屋子里压根没她这个人似的。有时候，她一整天都不发出任何声音，墨争凡从门缝里看了，才敢确定她还在。

自把离睢带回，已是第四天了。她身体虚弱得很，又固执地不肯回一粟海，十渡有一回都气糊涂了，强迫霜吟背上她，她竟不要命似的半空里就摔下来。十渡没有法子，只能暂时租下这处民居，容她留在萱城休养几日。

墨争凡推门进来，放下手中的饭菜。

十渡好不容易不在，他终于可以劝劝离睢，跟她说些心里话。

他知道，十渡的虚伪伤了她的心。一粟海有个不成文的规矩，不得与长离门人为难，虽不知道这个规定是从什么时候开始有的、原因是什么，但一粟海上上下下多年来一直遵从。那晚连他都看出那个绿衣女子的武功路数摆明了是长离宫的人，十渡却装作不知，招招致命。再者，一粟海向来以清心寡欲匡扶天下为任，十渡却眼红慕颜洲的东西，不惜以自己徒弟的性命相要挟。如此种种过后，对十渡大失所望的，又何止离雎一个呢?

可即便十渡令她失望，他却是一心为她着想啊！她为什么连带着对他都如此冷漠?

墨争凡想告诉离雎，这个世上，不是只有岳泠澜一个男人的。一粟海漫长的时光，那些没有岳泠澜的日子，都是他陪她度过的，那时候她不是一样很快乐吗？只要她愿意，他可以陪她一辈子。

墨争凡走近床边，尚未开口，离雎却赤足跳下床，端起饭菜就吃。

这几天，她一直是这样，一言不发，和她说什么都不理睬，却从不拒绝吃饭。他能猜到她心里在想什么，她一定是想保存体力，好偷跑出去见岳泠澜。

慕颜洲和一粟海素无瓜葛，那个该死的男人，是怎么凭空出现的?又究竟用了什么方法，这么短的时间，把他一向乖巧的师妹变成连他也认不得的模样?

当他跟着十渡好不容易才寻到她的踪迹，第一眼看到的却是她躺在那个邪教妖人的怀里毫无戒备的模样，天知道当时他有多努力，才克制住了满腔的震惊和愤怒!

他和她认识多久了！她从未让他近过她的身,哪怕偶有的几次病发，她手都抖得不成样子了，依然坚持自己吃药。他以为她对任何男子的态度都一样，原来不是的。他明白，自己没有资格愤怒，但就是这种自知之明让他更加难以忍受。

离雎急促的咳嗽声打断了墨争凡的思绪，她大概是被呛到了，连眼眶里都涨起了泪，却仍不肯放下筷子。他忙替她拍背顺着气，不料她刚稍稍缓过来，便一刻不歇地继续大口吃着饭菜，连看都不看他一眼。

她几时有过这样狼狈的时刻?

这些年，她待在一粟海的大部分时间里，他都在她身边，她一直是最不让人操心的那种姑娘，即使是偶然的小性子，也不招人厌烦。他曾经以为，那是她天性温顺，可这次相见，她哪还有一丁点儿的温顺？她激烈地反抗着十渡和他，她的眼神，她的动作，都毫不掩饰她心里眼里都满是那个陌生的男子！原来她也是可以这样任性尖锐的，但这样锋芒毕露的她，他从未见过！

岳泠澜凭什么能见到？难道一粟海这么多年都给不了她的归属感，岳泠澜给得了？所以她收起了一贯的谨慎小心，在岳泠澜面前恣意放纵？

墨争凡心底涌起一股强烈的挫败感。他一捶桌子：“师妹，你怎么会跟那种人混在一起？你知不知道，我跟师父一路过来，见到了遍地焦尸！那里原本该是个村庄，可现在呢？那妖人如此恶毒，你还……”

离雎挪了挪凳子，继续吃饭。

墨争凡说的想必是秦家庄，她和岳泠澜离开的时候，那些人还个个生龙活虎，力气大得能砸死他们，现在全庄被焚，该问的是后来到那儿的人，跟岳泠澜有什么关系？

真是天降一口大锅。岳泠澜太可怜了。

这样想着，离雎就多扒了两口饭。墨争凡简直想掀桌子了：“你中了什么邪？他给你灌迷魂汤了？那天看你们在荒郊野外搂搂抱抱，卿卿我我，你们才认识多久？简直不知羞耻！”

别管我和他认识多久，总之我跟他在一起的须臾光阴都比和你在一起的这许多年来得厚重。岳泠澜说，我是他的未婚妻，那我自然就是，拥抱有何不可？更何况我们清清白白，从未有过越矩之事，你管得也太宽了。离雎腹诽着，并不想浪费力气和墨争凡争吵。

墨争凡伸手罩住她的饭碗：“他快死了。”

他带着报复的心观察着离雎的神色，如他所愿，她终于有了反应。她抬起眼，拂落他的手，冷冷道：“你胡说。”

她语气平静，双手却不受控制地发着抖。

一时间，墨争凡感受不到任何报复的快感，他靠近离睢，怜惜地看着她：“几天前就收到消息，他伤得很重，师父的功力你是知道的……现在，他说不定已经死了……”

离睢骤然站起，除了那个“死”字，她听不见任何声音，她径自朝门外跑去，眼不着地，被凳子绊了一下。墨争凡忙扶住她，臂上却一沉。离睢像散了架似的，全身的重量都压在他的臂上，她迟迟没有抬头，直到墨争凡都害怕起来，她才艰难地挤出了几个字：“你放我走吧，求你。”

她不信岳冷澜会这样轻易地死去，但又不敢抱有一丝侥幸。她只想回到他身边去，立刻。

岳冷澜说过，墨争凡有用，可以用。她知道利用感情是最卑鄙的事，她不想这样对墨争凡，尽管她对他毫无男女之情。

离睢指指已经倾倒的饭菜，轻声道：“我知道这里面有东西，会让我的记忆渐渐退去，只留住师父想要我记住的。”

墨争凡闻言一怔。

“墨师兄，我不怪你，我知道你不想忤逆师父，但我求你，今日你要留下我一条胳膊也好，一条腿也好，你让我去见他一面。我的记忆不会留很久的，等今日的离睢死了，来日的望舒，依然会和从前一样，任你和师父摆布，你还在乎这几天吗？”她出奇地冷静，墨争凡却受不了了。

他抓住她的肩膀：“难道在你心里，过去那么长的岁月，还有我的心意……我这样喜欢你……这些通通一文不值吗？你就那样厌恶曾经的望舒？”

“我不厌恶曾经，我厌恶的是虚假。”离睢吃痛，却没有阻止他的动作，“墨师兄，你一开始就知道，师父欺骗我，对我的记忆动了手脚，是吗？你说你喜欢我，可你也没把真相告诉我，对吗？你喜欢的那个人，连记忆都是假的，她根本就不算是一个真正活着的人啊！”

墨争凡退后道：“你觉得我自私是吗……你觉得我对你的感情也都

是假的是吗……”

“我知道那是真的，可我无法回报你同样的感情。”离雎直视着墨争凡的眼睛，诚恳道，“墨师兄，我敬重师父，也敬重你，我只求你，再纵容我一次，让我去见他一面，将来但凡你遇到危险，我上刀山下火海都会报答你的恩情。”

除了恩情，她无法再回报他任何东西。离雎吸了口气，提剑便往臂上砍去，她必须留下些什么，才能让墨争凡有所交代。

鲜血迸出，却是墨争凡的。

他紧紧握住她的剑尖，眼睛通红：“你武功在我之上，我不敌你，被你逃脱，愧对师父。”

离雎怔了一瞬，俯身下拜，颤声道：“墨师兄，这些年在一粟海，多谢你的照顾，小妹终生不忘。”

墨争凡凉凉一笑：“不过三年，何足挂齿。”

离雎一滞，三年？不应该是六年吗？岳泠澜和阿筝都是这么告诉她的，怎么她竟只在一粟海待了三年？

十渡怕是已在回来的路上了，没时间再耽搁，离雎不再多想，对墨争凡微一点头，便往门外奔去。

远在七十里外的沐阳郊，迎来了一场奇怪的雨。按理春雨该是润物无声的，可这场雨却越下越大，颇有夏雨的声势。

已是入夜时分了，雨势丝毫没有减弱的意思，阿筝和汐回对视一眼，却都不敢把窗关上。

岳泠澜近日来很是嗜睡，除了汐回送药的时间，他大多数时候都是闭着眼睛的，就像现在，他合眸而卧，谁也不知他是否真的睡熟了，但谁也不敢打扰他。

这几天日子过得毫无波澜，除了涧花有一回磨磨蹭蹭地进来，求岳泠澜给自己一张什么破阵图，阿筝才知道，自六年前被冷折鸢夜闯之后，慕颜洲的进出口便都设了天罗地网似的机关要阵，若不知破阵方法，盲目闯入，只会送死。她感到困惑，问岳泠澜为什么她从未看见什么机关，当时，他十分欠揍地扫她一眼，道：“你何曾靠自己出入过慕颜洲？进来是靠萧渺，出去是靠我。”

他的伤恢复得不错，精神却一直不是很好，像怼阿筝的这几句话，难得地有生气。他让暮雨没日没夜地开着别苑的大门和窗户，闲下来就看着窗外发呆，整个人恹恹的，对周遭的一切都漠不关心。不同于一贯的沉默寡言，他如今的冷带着股萧索的秋意，令人平白地觉得害怕。

阿筝知道，他不分昼夜地洞开着门窗，是在等离雎回来。如果他现在的身体允许他走远路，他一定早就去寻她了。

有雨珠跳进了屋，阿筝瞥了眼窗外，打破了沉默：“雨下得这么大，竟然还能出月亮，今天什么都不正常。”

汐回笑了笑，这个天气，想也不会有人来，便将窗户合上，正想说些什么，却忽地瞪大了眼。

岳泠澜不知什么时候已披了件衣服坐了起来。

汐回以为他不满自己关了窗，正想道歉，他却先开了口。

“刚才我迷迷糊糊的，好像听见小玉钩在叫我……”他左手支额，一副极累的形容。

阿筝和汐回面面相觑，他该不会是前几天烧坏脑子了吧？除了雨声，这屋子静得只有呼吸声，哪里有人叫他。

“你们也听到了是不是？”岳泠澜看着她俩，声音微厉。

可她们真的什么都没有听到啊！见他要下床，阿筝忙按压住他掀被的手，急道：“外面下着雨呢，你要干什么去？已经这么憔悴了，还要病上加病？”

岳泠澜不说话，微有些吃力地抽出手，抓扶着床沿起身，将窗户推开。

若世上真有灵犀，怕也不过如此。

月色清冷，离雎站在院中，雨幕中睁不开眼的一张脸，依然秀色胜月华。

白衣如风，顷刻间，岳泠澜已身在屋外。

阿筝未及思量便追出门去，还想说些什么，却被汐回拉了一把，那些话便生生卡在了喉咙里。

眼前有一刹那的恍惚，若非身体抢先一步行动，将离睢拥入怀中紧紧抱着，感觉不到她温度的岳泠澜，又怎么敢确定她真的回到了他的身边？

这样狼狈，这样美丽，这样……让他心疼。

窝在他的怀里，身上披着他的白衣，恰到好处的温暖，被捧在心上珍视的感觉，是那样熟悉。

离睢搂上他的脖子，哽咽道："泠哥哥，我好想你啊。"

她浑身湿透，说出的话却像给岳泠澜塞了个小火炉，挠得他心头又烫又痒。控制住想在大庭广众之下吻她的冲动，岳泠澜贴着她的脸，轻轻道："我也是。"

曾经隔着六年的音信全无，他想她，想得凄哀又绝望。现在这四天不见，他想她，想得痛苦又后悔。他应该把她嵌入心口，长长久久地藏在身上，走到哪儿都带着她。他一直自诩聪明，可这几天他才觉得自己愚蠢至极。

他赌了两次，第一次，是在十渡给他那一掌之后，其实他当时依然有和她战平的实力，可他却任由她带走离睢。除了怕十渡毁了药，还有一个更自私的原因，就是他想给离睢时间，让她想清楚她对他的感情，让她自己抉择，是选择她记忆里悠长的过去，还是选择和他在一起的这短暂的时光，他要她心甘情愿意志坚定地回到自己身边，他赌他有这个分量。

第二次，他拿自己重伤的消息去赌，赌她因为担心自己一定会千方百计留在萱城，赌这样一个捕风捉影的传言就足以让她失了分析思考的能力。现在，他赌赢了，他的小姑娘哭着鼻子扑进了他的怀里，可他却感觉到一阵阵的后怕。

万一呢？万一她真的离开了萱城，被十渡藏在了他根本不知道的地方，天大地大，他有几分把握能再次和她相见？他从来都不是福厚之人，还愚鲁地随意消磨着和她重逢的运气。

“我跑了很久才到，一路过来都没见着什么人，我真怕我找错了……”离雎打着哆嗦的声音让他意识到他们还在下着雨的室外。

他忙裹了离雎想进屋，她却钩住他的手指摇了摇：“我知道你不会有事，但不敢有一点儿侥幸……你答应我，下次别再吓我了，好吗？”

“好。”他不假思索地允诺。

“你以后也不要再说谎骗我了好吗？无论发生什么事，都不要骗我……”她的声音低了下来。

他心里发疼，刚想应声，却发觉她已晕了过去。他来不及答应她一声，只迅速打横抱起她，越过汐回和阿筝冲进屋去。

汐回拍了拍阿筝，想安慰却不知该怎么说。

雨声渐小，屋里聚起暖意，离雎的睡相很乖巧，双手规规矩矩地放进被子里，睡着了就不再乱动弹了。她从前可不是这样的，这几年，她流落在外，连睡觉都学得这么小心翼翼。

岳泠澜坐在床头静静地看着她，这丫头，睡着了都有本事让他移不开眼。他扯了张纸过来，一面涂画，一面想着刚才汐回说的话。

离雎之所以会晕倒，除了路途遥远赶得辛苦，更重要的是她在过去的几天里一直默默地把十渡下在饭菜中的东西逼出，耗损太多。汐回在离雎睡下后替她诊了脉，发现十渡花了很长时间盖住她本来的记忆，又重塑了许多虚假的，想要根治绝非一朝一夕的事。

往后漫长的岁月，对离雎而言，在“男女之爱”这种情感范畴里，都会有他，也只能有他。他再不会让她离开了。

不是正在给润花画破阵图吗？怎么又开始想离雎了？这个祸水。岳泠澜无奈一笑，转过头，对上了离雎一双骨碌碌转着的眼睛。

“醒了？”他放下笔。

这祸水点点头，朝他搁下的画努努嘴："这是什么？"

岳冷澜把涧花的要求顺带着她的身份都对离雎说了一遍，离雎却更困惑了："你说涧花是你四个侍女中最聪明，最会讨人欢心的，可听你这么一描述，我觉得有很多问题啊……"

岳冷澜淡淡一笑："来，说说看，什么问题？"

"她要这张破阵图，给出的理由是什么？"

"她说想念枕菡榭的几个姐妹，为防机关，有了这张图才敢回去见她们。"

"可是，如果她要回慕颜洲，难道不是应该跟你一起回去吗？她是你的侍女啊，既然有你带路，她根本不需要什么破阵图啊。"离雎越想越觉得涧花是多此一举。

岳冷澜摸摸她的头："真聪明，还有呢？"

离雎得到了鼓励，又道："还有，你说那些机关是在冷折鸢夜闯慕颜洲之后才设立的，可设计那些机关的时候，涧花不是已经被逐出慕颜洲了吗？那她怎么知道有机关呢？除非她已经偷偷回过慕颜洲了，或者……"她脑中蹦出了一个闪念，"是有人告诉她这件事，要破阵图的，不是涧花，是那个告诉她的人！"

"全对。"岳冷澜朝她眨了眨眼，重新拿起了笔。

离雎这就想不通了："你既然知道其中有诈，为什么还给她画？"

岳冷澜把她按进被窝里："你好好休息，别大晚上的反倒精神了，等你休息好了，带你看场戏。"

她却不听话地弹了起来，眼睛半眯着，明明已困极，就是不肯躺下去："冷哥哥，我不爱看戏，就爱听故事。之前在秦家庄，在山洞里，还有今晚，你说的那些有关慕颜洲的故事都很好听，我睡不着，还想听。"

她撒着娇却不自知，更不自觉地蹭到了岳冷澜的肩窝，他的双眸骤然聚起一抹浓色。

从小就是这么不安分，也不管他忍不忍得住。

他强忍着，只得搂了她在怀里，低头道："嗯，之前说到哪儿了？"

"说到……冰沁她们四个……其实都很有本事……"离睢迷迷糊糊地答着，蜷在岳泠澜再舒适不过的怀中，好像随时就会睡去，"涧花……她手艺很好……给我编了不少小蟋蟀和小蚱蜢……冰沁……她刺绣的功夫很厉害……芷汀……她很会扎水灯……小时候……我一和你闹别扭……就会跑去找她扎水灯……在上面……写上一大堆骂你的话……"

"最坏的是，你总是故意点亮水灯，再把它们放进若微溪，那么浩浩荡荡的队伍，绕着慕颜洲一圈圈地飘，沿途都有门人专门跑来看你怎么骂我……"他仿佛回忆起了当年那些水灯上稚嫩的笔触，神情越发柔和。

离睢轻轻笑了起来，"谁让你害我生气的？一定是你欺负我在先！"

欺负她？岳泠澜不禁失笑。这样的念头，他连想一想都舍不得。

那些年，那些所谓的别扭，无非是初一她赤着脚在河边跑，他怕她摔着或被石子硌了脚，提着鞋子追在后面硬要她穿上；十五她只披了件薄衫在花丛里乱窜，他好说歹说劝她加件衣服；再有，也就是那些她犯病的晚上，咳得气都喘不上还嫌药苦不肯喝，他气极了才点了她的穴道强行给她喂药……谁欺负谁？说反了吧。她倒轻松，忘得一干二净的。

"是，是我欺负你在先。"岳泠澜轻拍着离睢的背，像在安抚一个有些任性的孩童，"所以，我哪敢生气啊。我只能下令，看可以，但谁也不许捞水灯。那些水灯连着你的抱怨，都是我的。"

"你也太霸道了，可倘若他们真的捞走了水灯，你也不知道啊！"离睢被岳泠澜拍得很舒服，人反倒逐渐清醒了起来。

"这就显出暮雨的本事了。人都只道她随和实在，其实她很是耳聪目明，步子又轻盈，最适合观察这些事了。"

"暮雨……"离睢想起了这个自她一进门就忙前忙后、目光温暖又真挚的姑娘，"真看不出她原是这样敏锐，她还会别的什么吗？"

岳泠澜没有回答，他把手指放到唇边，离睢会意噤声，只见门敲了几下，“吱呀”开了，有人端着碟点心走了进来，正是暮雨。

她对着二人欠身行了礼，关切地询问了一会儿离雎的身体状况，后又很快自觉地退了出去。

整个过程，岳泠澜除了一开始带了些懒散地瞟了暮雨一眼以外，一直沉默着。等暮雨的脚步声听不见了，他才淡淡开口道：“撒谎。”

“啊？”离雎一时没明白他的意思，想了想，不确定地道：“你是在回答我之前的问题吗？你是在说，暮雨，她擅长撒谎？不会吧，她根本不像那种人啊！”

“她并不擅长，但这些年，她一直在撒谎。”岳泠澜的语气分明是一如往常的清飒自如，可离雎却莫名地觉得有些担心。

暮雨走在回自己住处的路上，走得很慢。离雎回来了，她并不觉得有多意外。岳泠澜是如何一寸寸地将整个大极翻过来、无望又偏执地寻找着离雎，这些年，她即便身处囚室，也是领会在心的。有时候，等一波波折磨暂时过去，靠着钢笼喘气的间歇，暮雨甚至会想，哪怕离雎正行在两界桥上，只要她知道岳泠澜是怎样痛苦地惦念着她，她也该马上转身飞奔回去。

因为，那是一种多么深沉、多么令人……痴心妄想却求而不得的爱啊！这煌煌天下，似乎没有什么东西是亘古不变的。你看如今江山万里，似乎依然是大极的天下，可现在当权的紫氏，不过是当年宁帝在时，远得不能再远的旁系宗亲一脉罢了。

真正的大极，早随着百年前的清安公主一起死去。当然，这些话，她一个小丫头，平时是不敢说的。尽管世事如此，暮雨却始终坚信，岳泠澜对离雎的感情，无论历经多少坎坷，都不会改变，任凭世间有灼灼繁花，他心之所系的，永远都只会是那一轮月亮。那是一种已经融进他们的骨血，将他们深深羁绊在一起的东西，比一个皇朝的生命要坚韧得多。

暮雨一路想着，临近自己住的南房时，她的脚步却滞了滞。深夜的天空中，闪过一道绚烂的白光，尾部还升腾起一层薄薄的烟雾。

这东西，她怎会不知是什么？有人正在对外界传递消息，而这个人，和她只有咫尺之遥。

暮雨屏住呼吸，往前快走几步，墙边的花树动了动，月下斜斜拉出了一道人影。

那人发现暮雨时已经迟了，脚下却依然不肯服输，仅仅一停之后，硬是想要逃走。

暮雨突然开口道：“你再跑一步，我就喊了。这别苑不大，公子听得到。”

那人迟疑了一会儿，还是从暗处走了出来。

暮雨的唇边出现了一种奇怪的抽搐，她紧盯着那人的脸，声音不大：“是你？”

——本季完——

木兰帝
系列
字里行间，看灯火阑珊写尽宫廷权谋，乱世风云。
四面楚歌，看女帝元泓如何抓住赢面、走向巅峰。
宫廷秘史、巾帼传奇、一一说与你听！
人气作家灯火阑珊倾情打造！
传奇女帝元泓横空出世！